셜록홈즈의
대활약

지혜의 샘 시리즈 ⑫

셜록홈즈의 대학약

아서 코난 도일 지음
조주연 옮김

매월당
MAEWOLDANG

　세 번째 홈즈의 이야기를 준비하면서 많은 고민을 했다. 무엇보다 어려운 것은 작품을 고르는 것이었다. 앞서 발표했던 《홈즈 베스트 사건 파일》과 《셜록 홈즈 미스터리 걸작선》에서는 잘 알려진 작품을 주로 선별했다. 이번에는 재미와 함께 코난 도일의 개성이 돋보이는 작품을 고르면서 전혀 상상할 수 없는 놀라운 이야기 전개에 감탄을 금치 못했다.

　돈 때문에 신문기자라는 명예와 자존심을 버리고 거지로 신분을 위장한 <입술 삐뚤어진 남자>의 전개 방식은 그야말로 상상을 초월했다. 홈즈는 이야기 속에서 너무나 빠르게 진상을 파악하지만, 아마 이런 일이 현실에서 일어난다면 명확하게 밝혀낼 수 있는 사람이 과연 얼마나 될까 궁금하기까지 하다.

그리고 코난 도일의 작품에서 빼놓을 수 없는 것은 지독한 휴머니즘이다. <세 학생>에서처럼 그는 자신이 직접 재판관이 되어 죄를 저지른 사람에게 가장 적절한 판결을 내린다. 반드시 사법 처리만이 최선이 아니라 상황에 맞는 처벌이 오히려 시의적절함을 보여준다. 이런 생각들이 때로는 죽음을 방조하기도 하지만, 그 누구도 소설 속 홈즈에게 돌을 던지지는 못할 것이다.

《셜록 홈즈 미스터리 걸작선》에 연이어 작업하는 과정은 쉽지 않았다. 한 문장을 몇 번이나 다시 쓰면서 항상 고민했던 것은 코난 도일의 마음이, 셜록 홈즈의 뛰어난 능력이 독자에게 온전히 전해질 수 있을까였다.

앞으로도 계속해서 뮤지컬, 영화뿐만 아니라 문화계 각 분야에서 홈즈의 활약이 더욱 활발해지기를 바란다.

Contents

입술 비뚤어진 남자

The Man with the Twisted Lips

수많은 사람들이 경험한 것처럼 아편은 한 번 시작하게 되면 빠져나오는 것은 매우 어렵다. 고故 엘리아스 휘트니의 동생이자 아내의 친구 남편이며, 세이지 조지 신학대학 학장을 지내기도 했던 이사 휘트니는 아편 중독자이다. 그가 아편에 빠진 건 대학에 재직 중일 때였는데, 그것은 작은 호기심 때문이었다. 자신의 아편 중독 체험을 묘사한 토머스 드퀸시(영국의 비평가·수필가이며 대표작으로 아편 상용자인 자신의 경험을 엮어 아편이 주는 몽환의 쾌락과 매력, 그 남용에 따른 고통과 공포를 이야기한 《어느 아편 중독자의 고백》으로 유명함-옮긴이)의 책을 읽은 그는 똑같은 효과를 낼 수 있는지 매우 궁금했다. 그래서 아편제를 담배에 적셔서 피워봤고, 이후 그는 몇 년 동안 아편의 노예로 살면서 주위 사람들에게 안타까움과 혐오감을 동시에 불러일으키는 존재가 되었다. 지금도 나는 가끔 그의 핏기 없이 누렇게 뜬 얼굴에 반쯤 감긴 두 눈, 바늘 끝만큼 작아진 동공을 하고 웅크리고 앉아 있는 모습을 볼 수 있다. 한 마디로 그는 아주 형편없이 몰락한 귀족이었다.

1889년 6월 어느 날, 다급한 초인종 소리가 들렸다. 잠자리에 들어야 할 늦은 시간이었기 때문에 나는 편하게 앉아 있다가 자세를 바로잡았고, 아내는 바느질감을 무릎에 내려놓고 몹시 실망스러운 표정을 지었다. 아내가 말했다.

"환자인가 봐요. 당신이 나가보세요."

저절로 신음이 새어나왔다. 나는 피곤한 하루 일과를 마치고 막 집에 돌아왔던 것이다. 곧이어 하녀가 현관문을 여는 소리가 들렸고, 급한 말소리와 종종거리는 발소리가 들리더니 검은 옷에 검은 베일을 쓴 부인이 방으로 들어왔다.

"늦은 시간에 갑자기 찾아와서 정말 죄송합니다."

부인은 말을 끝내고 다리에 힘이 풀렸는지 아내 쪽을 향해 쓰러졌다. 그리고 아내에게 안겨 강하게 흐느끼기 시작했다.

"난 너무 힘들고 괴로워. 제발 날 도와줘."

부인은 아내에게 울면서 소리쳤다.

"아니 이게 누구야?"

아내는 부인의 베일을 걷어 올리더니 깜짝 놀라서 말했다.

"어머, 케이트 휘트니? 정말 너야? 이 밤중에 여기까지 웬일이야?"

"어떻게 해야 할지 모르겠어. 그래서 이곳으로 바로 달려왔어. 정말 미안해."

부인은 아직도 흐느끼면서 말했다. 아내를 아는 사람들은 힘든 일이 있거나 슬플 때면 이렇게 아내에게 와서 도움을 청하곤 했다.

"케이트, 잠시만 기다려. 진정할 수 있도록 포도주를 한 잔 갖다 줄게. 그리고 여기 앉아서 무슨 일인지 말해 줘. 왓슨은 가서 자라고 하는 게 나을까?"

"고마워. 왓슨 씨의 도움도 필요할 것 같으니 같이 있어도 괜찮아. 사실 남편이 이틀 동안 집에 들어오지 않았어. 너무 걱정이 돼서 미칠 것만 같아!"

아내의 오래된 친구이자 동창인 케이트 휘트니가 우리 집을 찾아와서 아편 중독자인 남편의 문제를 상담한 것은 처음이 아니었다. 그때마다 우리 부부는 정성을 다해 케이트를 위로했고, 어떻게 남편을 찾을 수 있는지 그녀와 함께 의논했다.

케이트는 최근 들어 남편이 병이 도질 때마다 구시가 동쪽 끝에 있는 아편굴을 찾는다는 확실한 정보를 가지고 있었다. 이번 일이 일어나기 전까지 그녀의 남편은 가끔씩 하루 정도만 아편굴에 갔고, 저녁때는 형편없는 모습으로 경련을 일으키며 집으로 돌아오곤 했다. 그런데 벌써 이틀째 소식이 없다는 것은 그가 아편굴에서 가까운 부둣가의 쓰레기 더미에 쓰러져 있거나 아무 데서나 잠에 취해 누워 있을 가능성이 높다는 것을 의미했다. 케이트는 어퍼 스완덤 길에 있는 아편굴로 가면 남편을 만날 수 있을 것이라고 말했다. 하지만 그곳은 불량한 사람들이 매우 많은 곳이었으며, 남편을 발견한다 해도 연약한 여성의 몸으로는 남편을 데려올 수 없을 것이 분명했다.

그곳까지 케이트를 데려다 주는 것도 방법 중 하나였지만, 그보다는 내가 그를 직접 데려오는 것이 낫겠다는 생각이 들었다. 나는 그의 주치의이기 때문에 그를 설득할 수 있었고, 아마 그것이 그녀가 여기 직접 온 이유이기도 할 것이다. 나는 케이트에게 남편이 확실히 그곳에 있으면 마차에 태워 두 시간 안에 집으로 보내겠다고 약속했다.

10분 뒤 나는 따뜻하고 편안한 집을 뒤로 하고 마차에 올라 이사 휘트니를 찾으러 동쪽으로 가고 있었다. 특별한 경험이라고는 생각했지만, 이 일이 앞으로 어떻게 전개될지에 대해서는 전혀 짐작하지 못하고 있었다.

어퍼 스완덤 길은 템스 강 북쪽 연안에서 런던 다리 동쪽에 잇닿은 높은 부두 뒤편에 있는 음침하기로 소문난 골목이었다. 그곳에는 옷가게와 술집 사이로 난 가파른 계단이 어둠 속으로 이어졌는데, 그곳이 바로 케이트의 남편이 자주 찾는다는 아편굴이었다. 나는 마부에게 기다려달라고 부탁하고 그를 찾기 위해 계단을 내려갔다. 취객과 아편 중독자의 수많은 발길이 얼마나 오갔는지 계단 가운데는 움푹 패어 있었다. 나는 약하게 깜빡깜빡하는 불빛에 의지하여 입구를 찾아냈고, 천장이 낮은 길고 작은 방으로 들어갔다.

방 안은 갈색 아편 연기로 가득 차 있었고, 사람을 가득 실은 이민선처럼 지저분한 나무 침상들이 줄지어 놓여 있었다. 어두운 방에 익숙해지자 생기 없는 눈동자,

뒤로 젖힌 고개, 웅크린 어깨, 구부러진 무릎 등이 나를
바라보는 것이 느껴졌다. 그리고 어둠 속에서 작은 원
이 빨갛게 타오르다가 다시 희미해졌다. 그곳의 사람들
이 파이프에 아편을 담아서 피우고 있는 모습이었다.

　대부분의 사람들은 아무 말 없이 멍하게 있었고, 몇
몇은 혼잣말을, 몇몇은 낮은 목소리로 대화를 나누기도
했다. 그러나 그런 대화도 툭 터졌다가 갑자기 끊기는
등 일관성이 없었다. 그들은 머릿속에 떠오르는 자신의
생각을 말할 뿐 상대의 말에는 관심이 없었다. 방 끝에
는 키가 크고 매우 마른 노인이 앉아서 손으로 턱을 괸
채 멍하니 화롯불을 바라보고 있었다.

　내가 주위를 둘러보자 창백해 보이는 말레이시아인
이 파이프와 약을 들고 달려오더니 비어 있는 침상을
가리켰다.

　“됐네. 난 친구인 이사 휘트니 씨를 찾으러 왔네. 잠
깐 만나보고 싶은데.”

　“아니, 왓슨 아닌가? 자네가 여긴 왜 왔지?”

　그때 뒤에서 부스럭거리는 소리가 들리더니 힘없는
목소리가 들렸다. 소리가 나는 곳을 보니 창백한 얼굴
에 뼈와 가죽만 남은 휘트니가 나를 보고 있었다. 그는

온몸의 신경이 다 경련을 일으키는 지독한 약물 중독 상태에 있는 것이 분명했다. 나는 그를 보고 아무 말도 할 수가 없었다.

"그런데 왓슨, 지금 몇 시인가?"

"지금 11시가 다 됐네."

"오늘은 무슨 요일이지?"

"6월 19일 금요일이야."

"오늘 수요일 아닌가? 금요일일 리가 없어. 자네 왜 나한테 그런 장난을 치는 건가?"

"오늘은 금요일이야. 자네 부인이 이틀 동안 자네를 기다리다가 걱정이 돼서 나를 찾아왔어. 자네 대체 이게 뭔가? 부끄럽지도 않은가?"

"난 여기 온 지 몇 시간밖에 안 됐어. 아마 파이프를 세 대인가 네 대 정도 피운 것 같군. 아니야……. 사실 기억이 안 나네. 내가 여기를 언제 왔는지도 모르겠군. 집으로 가야겠어. 아내를 걱정시키고 싶지는 않았는데……. 케이트에게 미안하군. 왓슨, 나를 좀 부축해 주게. 혹시 마차는 있나?"

"밖에 대기시켜 두었다네."

"다행이군. 그걸 타고 가면 될 테니까. 돈을 내야 하

는데 난 온몸에 힘이 하나도 없어서 아무것도 못 하겠
어. 대신 내줄 수 있겠나?”

“알았네. 잠깐만 기다리게.”

나는 돈을 지불하기 위해 비좁은 통로를 따라 내려갔
다. 온몸의 감각이 마비될 만큼 지독한 냄새 때문에 나
는 숨을 멈추고 걸어야 했다. 화로 옆에 앉아 있던 키가
큰 노인 곁을 지나갈 때, 내 옷을 잡아당기며 말하는 작
은 목소리가 들렸다.

“그냥 지나가게. 뒤돌아보지 말고.”

작지만 분명하게 들린 그 목소리에 나는 조금 놀랐다.
아마 옆의 키 큰 노인이 말한 듯했는데, 그는 주름투성
이가 된 깡마른 몸으로 나이가 들어서 구부정했다. 아
편 때문에 나른한 듯 파이프는 손가락에서 반쯤 떨어져
무릎 사이에 매달려 있었다. 나는 두 걸음 정도 앞으로
간 뒤 그를 돌아보았는데, 소리를 지를 만큼 깜짝 놀랐
다. 노인은 나 외에는 아무도 보이지 않게 등을 돌렸는
데, 등이 꼿꼿해지면서 빛나는 젊은이의 모습으로 돌아
와 있었다. 그는 바로 셜록 홈즈였다. 가까이 오라는 손
짓을 보고 그쪽으로 가자 그는 다시 손발을 덜덜 떠는
노인의 모습으로 돌아갔다.

"아니 홈즈! 대체 여기서 무엇을 하고 있는 건가?"

"더 작은 소리로 말해도 잘 들린다네. 자네가 아편쟁이 친구를 보내고 나와 이야기를 좀 나눌 수 있다면 좋겠는데."

"밖에 마차가 있으니 친구를 보내고 오겠네."

"오, 고맙군. 혼자 보내는 건 걱정하지 않아도 될 것 같아. 자네 친구는 기운이 없어서 더 이상 무슨 짓을 할 수도 없을 것 같으니 말이야. 마부 편에 자네는 오늘 밤 못 들어간다고 편지를 쓰는 것이 좋겠어. 나와 함께 있어야 할 것 같으니까. 5분 안에 나갈 테니까 잠시만 기다려주게."

홈즈가 아무리 무리한 부탁을 해도 난 항상 거절할 수가 없었다. 그의 말은 늘 분명했고 태도가 확고했기 때문이었다. 나는 휘트니의 아편 값을 지불하고 아내에게 편지를 간단하게 썼다. 그리고 휘트니가 마차를 타고 가는 모습을 보면서, 홈즈와 함께할지도 모르는 새로운 모험을 기대하고 있었다.

잠시 후 아편굴에서 노인 한 명이 나왔고, 나는 그와 함께 골목길을 걸어 내려갔다. 그는 두 블록 정도는 구부정한 노인의 모습으로 걸었지만, 주위를 살펴보더니 온몸을 쭉 펴고 큰 소리로 웃었다.

"왓슨, 자네 혹시 내가 아편에도 손을 댔다고 걱정하고 있는 건 아니지? 몸에 안 좋은 일은 다 하고 코카인 주사도 부족해서 아편까지 한다고 말이야."

"그렇지는 않다네. 하지만 아편굴에서 자네를 보다니 정말 깜짝 놀랐어."

"저런, 하지만 나 역시 자네를 보고 몹시 놀랐어."

"난 아내 친구의 부탁을 받고 친구를 찾으러 왔다네."

"나와는 반대로군. 나는 적을 찾으러 왔거든.

"적이라니? 범인을 말하는 건가?"

"천적이라고 할 수도 있고 내 먹잇감이라고 해도 되겠군. 사실 난 지금 매우 중요한 사건을 조사하고 있어. 그래서 아편쟁이들이 아무 생각 없이 내뱉는 말 중에서 단서를 찾을 수 있지 않을까 해서 갔던 거라네. 사실 전에 이런 방법이 통하기도 했고. 아마 내가 저곳에 있다는 걸 누군가 알았다면 난 한 시간 안에 목숨을 잃었을 거야. 전에 이런 방법을 쓴 적이 있는데, 저곳을 운영하는 인도인 악당이 그 사실을 알고 나를 벼르고 있거든. 저 건물 뒤쪽에는 부두를 향한 작은 문이 하나 있어. 달이 없는 어두운 밤마다 그 문에서 뭐가 나갈 것 같나?"

“혹시 시체인가? 시체가 아니라고 해도 굉장히 지독한 일이겠지.”

“자네 말이 맞아. 저 문은 템스 강에서 최고로 칠 수 있는 살인 문일 거야. 저곳에서 죽어 나간 불쌍한 사람들을 생각하면 정말 안타깝다네. 그런데 네빌 세인트클레어라는 사람이 저곳에 들어갔다가 나오지 못한 것 같아. 잠깐, 마차가 여기 있어야 하는데 어딜 간 거지?”

홈즈는 양쪽 검지로 날카로운 휘파람을 불었다. 조금 떨어진 곳에서 같은 휘파람 소리가 들렸고, 잠시 후 마차가 오는 소리가 들렸다.

“자네 지금 나랑 같이 가겠나?”

홈즈는 노란색 불을 켜고 달려오는 마차를 보면서 나에게 물었다.

“내가 도움이 될 수 있다면 어디라도 가겠네.”

“좋아. 믿을 수 있는 친구가 옆에 있다는 것은 큰 도움이 된다네. 더군다나 자네는 내 사건의 기록자이니 더욱 좋지. 시다스 저택에 있는 내 방에 더블 침대가 있으니 같이 가자고.”

“시다스 저택이라니? 거긴 또 어딘가?”

“아까 말한 네빌 세인트클레어 씨의 집이라네. 수사

를 진행하는 동안 그곳에서 지내기로 했거든.”

“그 집은 어디인가? 여기서 가까운가?”

“여기서 약 11킬로미터 정도 거리인데, 마차를 탔으니 금방 갈 거야. 켄트 주의 리 근처에 있어.”

“꽤 멀군. 그런데 대체 무슨 사건인가?”

“곧 알려줄 테니 조금만 기다리게. 어서 타게. 그리고 존, 지금 우린 자네가 필요 없네. 여기 반 크라운이 있으니 이걸 받고 내일 11시쯤에 날 찾아오게나. 그럼 잘 가게.”

홈즈는 자신이 직접 고삐를 잡고 채찍을 가볍게 휘둘렀다. 마차는 인적이 거의 없는 음침한 거리를 달리기 시작했고, 점점 길이 넓어지면서 난간이 있는 다리를 건넜다. 강물이 천천히 흐르는 다리를 건너자 다시 인적이 드문 조용한 거리가 나왔다. 주변에서 들리는 소리라고는 마을을 순찰하는 경관의 발소리, 심야 파티의 노랫소리와 고함뿐이었다. 밤하늘에는 어두운 구름 틈새로 나타난 한두 개의 별만이 희미하게 반짝였다.

홈즈는 무언가 깊은 생각에 빠진 듯 말없이 마차만 몰고 있었다. 아마 해결하기 어려운 문제를 만난 듯했다. 홈즈가 고민할 정도의 사건이라니 몹시 궁금했지만,

그의 생각을 방해하고 싶지 않았기 때문에 난 조용히 침묵을 지키며 가만히 앉아 있었다. 얼마 뒤 마차는 교외의 별장 지대에 도착했고, 홈즈는 비로소 고개를 흔들더니 어깨를 으쓱하며 파이프에 불을 붙였다. 드디어 무언가를 정리한 것처럼 보였다.

"왓슨, 자네의 침묵은 그 무엇보다도 가치가 있다네. 그것이 더욱 자네를 소중히 생각하게 만든다네. 내 생각은 사실 기분 좋은 것이 아니기 때문에 그런 이야기까지 털어놓을 수 있는 자네 같은 친구가 있다는 것은 매우 큰 행복이지. 그나저나 곧 만나게 될 가엾은 부인에게 뭐라고 말해야 할지 아무리 고민해도 모르겠군."

"홈즈, 난 이 사건에 대해 아는 게 전혀 없다네. 그래서 무슨 말을 하는 건지도 모르겠군."

"저택에 도착하기 전에 다 말해 줄 거라네. 이 사건은 겉으로 보기에는 매우 간단해. 실마리가 좀 있는데도 난 한 걸음도 나가지 못했어. 자, 이제 사건에 대해 이야기하겠네. 내가 풀지 못한 이 사건의 고리를 자네가 알려줄지도 모르니까."

"점점 궁금해지는군. 사건 이야기를 해보게."

"몇 년 전, 좀 더 정확히 말하자면 1884년 5월에 네빌 세인트클레어라는 한 신사가 이곳 리에 이사를 왔네. 그는 돈이 꽤 많았는지 이 저택을 구입해서 아름답게 꾸며놓고 살았다네. 이웃들과도 친해지면서 1887년에 는 양조업자의 딸과 결혼해 두 아이까지 낳았지. 특별한 직업은 없지만 그는 몇몇 회사의 일과 연관되어 있어서 아침에 나갔다가 정확히 캐논 가에서 5시 14분 기차로 돌아왔지. 그는 올해 37살로, 다정하고 성격 좋은 남편이고 애정이 넘치는 아버지라네. 마을에서도 모두에게 사랑받는 이웃이기도 하고. 그의 부채는 88파운드 10실링이지만 은행에 220파운드가 예금되어 있으니 그에게 돈 문제는 전혀 없다고 할 수 있지.

지난 월요일, 세인트클레어는 중요한 일이 있다고 말하면서 시내에 좀 일찍 나갔다고 하네. 집에 올 때 아들이 갖고 싶어 하던 장난감을 사주겠다고 약속도 했지. 그런데 남편이 나가고 얼마 지나지 않아 세인트클레어 부인은 전보를 한 통 받았어. 기다리고 있던 물건이 애버딘 선박회사 사무실에 보관되어 있다는 내용이었지. 자네도 알겠지만 선박회사 사무실은 프레스노 가에 있고, 프레스노 가는 오늘 우리가 만난 아편굴이 있던 어퍼 스완덤 길과 연결되어 있지.

세인트클레어 부인은 점심 식사를 하고 구시가에서 쇼핑을 좀 한 뒤, 선박회사 사무실에 가서 물건을 찾았어. 그리고 역으로 가기 위해 어퍼 스완덤 길로 들어갔는데, 시계를 보니 4시 35분이었다고 해. 자, 여기까지 이해가 가지 않는 부분이 있으면 말하게."

"이야기를 계속하게."

"자네도 기억할 거라 생각하지만 지난 월요일은 매우 더운 날이었어. 그래서 세인트클레어 부인은 마차가 지나가면 잡아야겠다고 생각하며 주위를 두리번거리고 있었어. 그 동네는 낮에도 그렇게 안전한 동네는 아니니까 더욱 그랬지. 그런데 갑자기 외마디 소리가 들렸어. 그쪽을 바라보니 어떤 2층집 창문에서 남편이 자신을 내려다보는 게 보였네. 그녀는 몹시 놀라서 남편을 바라봤지. 남편이 손짓하는 모습은 몹시 겁에 질린 것 같았다고 하더군. 세인트클레어 씨는 아내를 향해 미친 듯이 손을 흔들더니 어떤 힘센 팔이 그를 잡아당긴 것처럼 안으로 딸려갔어. 그런데 부인은 순간적으로 한 가지 이상한 점을 발견했다네. 남편은 아침에 입고 나간 검은 상의를 걸치고 있었는데, 그 안에는 셔츠도 넥타이도 없었다고 하더군.

부인은 남편에게 안 좋은 일이 생겼다는 걸 직감하고 계단을 뛰어 내려가 그 집으로 뛰어 들어갔지. 그 집이 바로 아까 그 아편굴이야. 부인은 1층을 지나 2층으로 통하는 계단을 올라가려고 했지만 거기에서 내가 아까 말한 인도인 악당을 만났지. 그는 덴마크인인 조수와 함께 부인을 거리로 밀어내버렸어. 부인은 어쩔 줄 몰라 하다가 프레스노 가에서 순찰 구역으로 가던 경관을 만났어. 부인은 경위 한 명, 경관 두 명과 함께 그곳으로 다시 찾아갔고, 세인트클레어 씨가 있던 2층 방으로 들어갔다네. 하지만 그곳에 세인트클레어 씨는 보이지 않았어. 매우 흉한 장애가 있는 불구자 한 명만 있었는데, 그는 그곳에서 살고 있다고 했지.

불구자와 인도인은 그날, 거기에 아무도 없었다고 말했어. 두 녀석이 너무 완강하게 부인해서 경위는 부인이 사람을 잘못 본 것이라는 두 녀석의 주장을 믿게 되었네. 그런데 그 순간, 부인이 탁자 위에 놓인 작은 나무 상자를 보고 뚜껑을 열었어. 그 안에는 세인트클레어 씨가 아이에게 사다 준다고 말했던 그 장난감이 있었다네.그 순간 불구자는 매우 당혹스러운 표정을 지었고, 경위는 이 사건이 매우 중대하다는 것을 알게 되었어. 경찰은 그 건물의 모든 방을 뒤졌고, 참혹한 사건이 일어났다는 사실이 드러나게 되었네. 가구 몇 개만 있던 2층 거실은 작은 침실과 연결되어 있었는데, 그 침실은 부두 끝과 마주보고 있었어. 부두와 침실 창문 사이에는 아주 좁은 틈이 있었는데, 간조일 때는 바닥이 보이지만 만조일 때는 물이 들어와 꽤 깊다고 하더군. 침실 창문은 활짝 열려 있었는데, 창틀에 핏자국이 있고 침실 마루에도 핏자국이 여기저기 떨어져 있었어. 거실 커튼을 들춰보니 뒤쪽에서 세인트클레어 씨의 옷과 소지품들이 나왔어. 검정색 상의만 빼고 그의 모든 옷과 시계, 양말, 부츠까지 전부 있었지.

소지품만 봐서는 폭행을 당한 흔적은 없었지만 역시 세인트클레어 씨의 자취도 남아 있지 않았어. 그가 나갈 수 있었다면 유일한 출구인 침실 창문을 통해 나갔을 텐데, 사건이 일어났을 때는 만조였기 때문에 그쪽으로 나갔다면 목숨을 구하지 못했을 거야.

이제 사건과 관련된 악당들에 대한 이야기를 하겠네. 인도인 악당은 화려한 전과를 가지고 있어. 그런데 부인의 말에 따르면, 세인트클레어 씨가 창가에서 사라진 지 몇 초도 지나지 않았을 때, 그자가 그 계단 밑에 서 있었다고 했네. 그러니 이번 사건과 관계가 있다고 하더라도 기껏해야 공범일 뿐이라는 거야. 그자는 지금까지도 아무것도 모른다고 말하고 있어. 불구자인 휴 분은 세입자이고, 그가 뭘 하고 있었는지 자신은 모른다고 했어. 세인트클레어 씨의 옷이 왜 거기 있는지도 모른다고 말했지.

이제 아편굴 2층에 사는 불구자에 대해 말할 차례군. 아마 이 세상에서 세인트클레어 씨를 마지막으로 본 사람일 거야. 그의 이름은 휴 분. 외모가 무척 흉하기 때문에 구시가 사람들에게는 아주 낯익은 얼굴이라고 해. 그자는 경찰의 단속을 피하기 위해 성냥팔이인 척 위장한 직업적인 거지로, 온종일 무릎 위에 성냥 몇 개를 올려놓고 앉아 있다네. 은행이 모여 있는 스레드니들 가를 지나다 보면 길 왼편에 그자의 자리가 보이지. 자네도 한 번쯤은 보았을 수도 있을 거야. 그러면 사람들이 그 불쌍한 모습을 보고 그의 가죽 모자에 동전을 던져 주지. 내가 그를 두 번 정도 자세히 관찰했는데, 그 수입이 꽤 괜찮더군. 놀랄 정도로 말이야. 이렇게 말하기는 좀 그렇지만 그자의 외모는 굉장히 끔찍하다네. 마구 헝클어진 오렌지색 머리카락, 끔찍한 흉터로 일그러진 얼굴, 상처 때문에 피부가 줄어서 윗입술 끝이 말려 올라갔다네. 게다가 불도그처럼 처진 턱, 날카로운 검은 눈이 더해져 거지 중에서도 아주 돋보이지. 게다가 말솜씨도 있어서 행인들이 놀릴 때도 재치 있게 응수한다고 하더군.”

“하지만 불구자라고 하지 않았나? 불편한 몸으로 한창 나이의 남자를 이길 수는 없을 텐데.”

“그자는 다리를 저는 것뿐이기 때문에 다른 부분은 모두 튼튼하고 건강해. 자네도 잘 알겠지만, 팔다리 중에서 어느 한 곳이 약해지면 다른 부분이 더 강해지니 오히려 유리할 수도 있지.”

“그건 그래. 이야기를 계속하게.”

“부인은 창틀의 핏자국을 보고 기절하고 말았어. 경찰은 그녀가 더 이상 도움이 안 될 것이라고 생각해서 마차에 태워 집에 데려다 주었다네. 이번 사건의 책임자인 바튼 경위는 현장을 꼼꼼하게 조사했지만 아무것도 알아낼 수 없었어. 게다가 휴 분을 바로 체포하지 않고 인도인 악당과 이야기를 나누게 하는 실수도 저질렀지.

휴 분을 체포해서 조사하고 있지만 아직까지 증거를 발견하지는 못했어. 그의 오른쪽 셔츠에 피가 묻어 있어 추궁했더니 자신의 왼손 손가락을 보여주면서 다친 거라고 하더군. 창틀의 핏자국도 손가락의 상처 때문이라고 말했고. 또 세인트클레어 씨를 본 적이 없으며, 그의 옷과 소지품이 왜 자신의 방에 있는지 모른다고 말하고 있어. 부인이 헛것을 보고 난리를 피운다고 주장하고 있지. 휴 분은 경찰서로 잡혀가면서도 난동을 부렸다네. 경위는 현장에 남아서 물이 빠지기를 기다렸지. 무언가 새로운 단서가 나타나지 않을까 기대하면서 말이야.”

“강에서 중요한 단서가 발견된 건가?”

“그렇다네. 그러나 강바닥에서 발견된 것은 불행 중 다행으로 세인트클레어 씨의 시체가 아니라 그의 윗옷이었다네. 아마 시신에서 옷이 벗겨져 나갔을 거야. 그런데 윗옷 주머니에서 상상도 못할 것들이 나왔어.”

“그게 뭔가? 자네 말처럼 짐작이 전혀 안 가는군.”

“바로 동전이야. 윗옷 주머니에서 나온 것을 세어보니 1페니 동전 421개와 반 페니 동전 270개가 있더군. 무게 때문에 떠내려가지 않은 거지. 밀물 때는 부두와 그 집 사이에 강한 소용돌이가 생기기 때문에 아마 시체는 윗옷을 남겨두고 떠내려갔을 거야.”

“그런데 왜 시신이 윗옷만 입고 있었지? 좀 이상하군.”

“내가 가설을 하나 세워보지. 그 불구자가 세인트클레어 씨를 창문 너머로 떠밀었는데 아무도 그것을 보지 못했어. 그리고 그는 증거를 없애기 위해 세인트클레어의 옷과 소지품을 치우려고 했을 거야. 가장 먼저 윗옷을 던지려고 했는데, 물에 뜨면 난처해질 것이라고 생각했지. 그런데 아래층에서 세인트클레어 부인이 2층으로 올라오려고 하는 소리가 들렸어. 인도인 악당한테 경찰이 오고 있다는 이야기도 들었을 것이고. 그래서 휴 분은 자신이 구걸해서 얻은 동전들을 윗옷에 넣고 던졌을 거야. 다른 물건도 다 그렇게 해결하려고 했는데, 경찰이 너무 빨리 나타나서 윗옷을 던지고 창문을 닫을 수밖에 없었던 것이지.”

“정말 그럴듯하군. 사실이라고 해도 무리가 없을 것 같은데?”

“이보다 더 나은 설명이 없으니까 이런 가설을 세운 거야. 휴 분은 경찰서로 끌려갔는데, 그에게는 전과나 다른 범죄 사실이 전혀 없었어. 아마 정말로 거지로 활동하기만 했을 뿐 다른 나쁜 짓은 하지 않았던 거 같아. 이게 지금까지 밝혀진 일이라네. 대체 세인트클레어 씨는 아편굴에서 무얼 하고 있었을까? 그리고 그는 어떤 일을 당했으며 지금은 어디에 있는 걸까? 휴 분은 그의 실종에 대해 어떤 역할을 한 것일까? 궁금한 점은 많지만 지금까지는 아무것도 해결하지 못하고 있다네. 처음에는 간단할 거라고 생각했는데 점점 어려워지고만 있어서 아주 당혹스러워.”

이상하기 짝이 없는 이야기를 들으면서 마차는 시가지 외곽을 지나 계속 달렸다. 변두리의 띄엄띄엄 서 있는 집을 지나치자 길가에 산울타리가 서 있는 시골길이 나왔다. 이 길을 지나자 조용한 시골 마을이 나왔는데, 늦은 밤인데도 몇몇 집에서는 불빛이 새어나오고 있었다.

“여기가 바로 리의 외곽이라네.”

홈즈가 말했다.

“잠깐이기는 했지만 지금까지 우리는 세 개의 주를 지나왔어. 우리가 출발했던 미들섹스를 지나 서레이의 변두리, 여기 켄트 주까지 말이야. 저기 나무 사이에 불빛 보이지? 저곳이 바로 시다스 저택이야. 아마 세인트 클레어 부인은 온 신경을 집중하고 있다가 말발굽 소리를 들었을 거야.”

"근데 자네는 숙소를 왜 이곳으로 정한 건가? 사건 현장과도 거리가 멀지 않은가?"

"여기서 조사할 일이 꽤 있다네. 세인트클레어 부인이 친절하게 방 두 개를 내주기도 했고. 내 친구라고 말하면 부인은 자네도 환영할 테니 걱정하지 말게. 하지만 아무런 소식도 갖고 오지 못해서 마음이 몹시 불편하군."

마차는 큰 저택 앞의 넓은 대지 위에 섰다. 마구간 소년이 와서 말 머리를 잡아 마차를 가져갔고, 우리는 자갈이 딸린 진입로를 따라 빠르게 걸어갔다. 집 앞에 도착하자 현관문이 활짝 열리고 목과 소매에 분홍색 시폰 천을 덧댄 모슬린 드레스를 입은 금발 여성이 집에서 나왔다. 집 안에서 불빛이 흘러나와 그녀의 모습이 뚜렷하게 보였다. 그녀는 무언가를 찾는 사람처럼 몸을 앞으로 내밀고 있었다. 간절해 보이는 눈빛과 반쯤 벌린 입술은 그녀가 무언가를 간절히 기다린다는 것을 알 수 있었다.

"홈즈 선생님! 드디어 오셨군요!"

부인은 우리를 보고 기대에 찬 목소리로 외쳤다. 그러나 홈즈가 고개를 저으면서 어깨를 으쓱해 보이자 매우 실망한 표정이었다.

"좋은 소식 없나요?"

"네, 없습니다."

"그럼 나쁜 소식은요?"

"다행히도 없습니다."

"그렇군요. 어서 들어오세요. 하루 종일 사건 때문에 바쁘셨을 테니 얼마나 피곤하시겠어요. 안으로 들어가서서 쉬세요."

"고맙습니다. 부인, 이쪽은 제 친구 왓슨 박사입니다. 예전에도 사건 해결에 큰 도움을 주었는데, 오늘 우연히 만나서 이 일을 같이 해결해 보기로 했습니다. 왓슨 박사와 함께 사건을 조사할 수 있게 되어서 매우 큰 도움이 될 것 같습니다."

"참으로 다행이군요. 만나 뵙게 되어서 반갑습니다, 왓슨 박사님."

부인은 매우 반가워하면서 내 손을 잡고 악수를 나누었다.

"집안에 이런 큰일이 일어나서 손님을 제대로 대접하지 못하고 있습니다. 아무쪼록 너그럽게 이해해 주시고, 필요한 것이 있으면 바로 말씀해 주세요."

“지금으로도 충분합니다. 부인에게 도움이 되어야 할 텐데 아직 그러지 못해 죄송할 따름입니다.”

“아니에요, 홈즈 선생님. 그런데 궁금한 게 몇 가지 있습니다. 제 질문에 솔직하게 대답해 주시겠어요?”

“물론입니다. 뭔가요?”

“저는 히스테리를 일으키거나 기절하지 않을 거예요. 그러니 솔직히 말씀해 주세요.”

“네, 걱정하지 않겠습니다. 무엇이든 물어보십시오.”

“제 남편이 살아 있을까요? 솔직히 말씀해 주세요.”

부인은 홈즈 앞에 서서 대답을 기다렸다. 홈즈는 난감한 표정을 지으며 말했다.

“부인, 솔직하게 말씀드리면 저는 그렇게 생각하지 않습니다.”

“그럼 죽었다고 생각하시는 건가요?”

“확실하지는 않지만 그럴 가능성이 더 높다고 생각합니다.”

“만약 남편이 죽었다면 언제 죽었을까요?”

“아마 월요일 정도겠죠.”

“그렇다면 이 편지는 뭘까요? 남편이 쓴 편지가 오늘 저에게 배달되었어요.”

"남편에게 편지가 왔다고요?"

"네, 오늘 왔습니다."

"실례지만 제가 좀 볼 수 있을까요?"

"물론이죠. 여기 있어요."

홈즈는 부인의 손에서 편지를 빼앗듯이 받아서 식탁 위에 펼쳐놓고 등불 가까이에서 자세히 들여다보았고, 나 역시 그의 어깨 너머에서 편지를 자세하게 살펴보았다. 싸구려 편지봉투에는 오늘 날짜의 그레이브센드 소인이 찍혀 있었다. 아니, 벌써 자정을 넘은 지 한참 되었기 때문에 어제라고 표현하는 게 더 적절하겠지만.

"필체가 몹시 거칠군요."

홈즈가 중얼거렸다.

"이건 분명히 세인트클레어 씨의 필체가 아닙니다."

"맞아요. 하지만 봉투 안에 쓴 편지는 그의 글씨체가 확실해요."

"편지 봉투를 쓴 사람이 누군지는 모르지만 주소를 몰라서 다른 사람에게 물어본 것 같군요."

"그걸 어떻게 아시죠?"

"받는 사람 이름을 보면 잉크가 그대로 말라서 진한 검은색입니다. 그런데 나머지 글씨는 회색이에요. 압지를 사용했기 때문이죠. 주소를 한꺼번에 쓰고 압지로 눌렀다면 받는 사람 이름만 이렇게 까맣지 않을 겁니다. 즉, 이름을 쓴 다음 한참 뒤에 주소를 쓴 겁니다. 물론 별 것 아닌 문제일 수도 있지만, 사소한 문제가 가장 중요하죠. 이제 편지를 좀 보겠습니다. 아! 여기 동봉된 편지가 있군요."

"네, 거기에는 남편의 반지 도장이 찍혀 있어요."

"필체가 남편의 것이 확실한가요?"

"네, 남편이 쓰는 필체 중 하나가 분명해요."

"필체 중의 하나라니요? 그게 무슨 뜻입니까?"

"남편이 서두르면 평소와 전혀 다른 글씨체가 나오거든요. 하지만 저는 여러 번 보았기 때문에 잘 알고 있어요. 이건 분명히 남편의 필체예요."

사랑하는 당신

아무것도 걱정하지 말아요. 모든 일이 다 잘 될 거요.

일이 좀 잘못돼서 문제가 생겼는데, 시간은 좀 걸리겠지만 모든 게 바로잡힐 것이오. 참고 기다려주시오.

— 네빌

"이 편지는 8절지 공책을 뜯어서 연필로 날려 썼는데 물 묻은 자국은 없군요. 엄지손가락이 지저분한 사람이 오늘 그레이브센드에서 편지를 부쳤어요. 제 생각이 맞는다면 씹는 담배를 즐겨 피우는 사람이 편지 봉투에 고무풀을 붙였군요. 부인은 이 편지를 남편이 썼다고 확신하는 거죠?"

"네, 확실해요. 편지는 분명히 남편이 썼어요."

"세인트클레어 씨가 쓴 편지를 다른 사람이 그레이브센드에서 부친 셈이 되는군요. 이제 좀 사건이 어떻게 되어 가는지 알 것 같습니다. 하지만 마음을 놓아도 된다고 말씀드리기는 어려워요."

"네, 하지만 남편은 분명히 살아 있습니다."

"누군가 수사에 혼선을 불러일으키기 위해 그럴 수도 있어요. 편지를 위조할 수도 있고요. 편지에 있는 인장도 세인트클레어 씨의 것을 빼앗을 수도 있고요."

"하지만 남편의 필체가 틀림없어요."

"그렇다면 세인트클레어 씨가 월요일에 쓴 편지를 오늘 부친 것일 수도 있겠군요."

"그랬을지도 모르죠. 하지만 홈즈 선생님, 저는 남편이 무사하다는 걸 믿어요. 우리 부부 사이에는 아주 예민한 공감대가 있어서 남편에게 좋지 않은 일이 생기면 저는 그 즉시 본능적으로 느낀답니다. 남편을 마지막으로 본 그날도 남편이 침실에서 손을 조금 다쳤는데, 식당에 있던 저는 남편에게 무슨 일이 생겼다는 걸 직감하고 2층으로 달려갔어요. 이 정도의 일에도 민감하게 반응하는 제가 만약 남편이 죽었다면 이렇듯 아무것도 느끼지 못할 리가 없습니다. 선생님은 그렇게 생각하지 않으시나요?”

“부인, 저도 여성의 직감이 이성보다 더 정확할 때가 있다는 것을 알고 있습니다. 그런데 이상하지 않나요? 편지를 쓸 수도 있는 남편이 왜 부인 앞에는 나타나지 않을까요?”

“그건 그래요. 정말 이상한 일이죠.”

“일단 그 편지 일은 넘어가겠습니다. 사건 당일에 대해서 몇 가지 여쭤보겠습니다. 부인은 스완뎀 길에서 남편을 보고 깜짝 놀라셨다고 했죠?”

“네, 정말 놀랐습니다.”

“세인트클레어 씨는 부인을 보고 소리를 질렀나요?”

“네, 그런 것 같았어요.”

“부인은 외마디 비명이었다고 했죠?”

“네! 도움을 청하는 소리라고 생각했어요. 남편이 손까지 흔들었으니까요.”

“저는 세인트클레어 씨가 놀라서 소리를 지른 것일 수도 있다고 생각합니다. 예상하지 못한 광경을 보고 손을 들었을 수도 있고요.”

“그럴 수도 있겠네요.”

“부인은 남편이 뒤로 딸려갔다고 말했죠?”

“네, 갑자기 창가에서 없어졌으니까요.”

“사실 놀라서 뒷걸음질을 친 것일 수도 있습니다. 부인은 방 안에서 남편 외에 다른 사람의 모습을 보지 못했습니까?”

“네, 하지만 그 무서운 불구자는 자기가 그 방에 있었다고 자백했어요. 인도인은 계단 밑에 있는 것을 제가 보았고요.”

“알겠습니다. 부인이 밑에서 보았을 때 세인트클레어 씨는 아침에 입고 나간 옷을 입고 있던가요?”

“네, 하지만 넥타이는 물론이고 셔츠도 입고 있지 않았어요. 멀리서였지만 저는 남편의 속살을 분명히 보았거든요.”

“혹시 남편이 스완덤 길에 대해 얘기한 적이 있나요?”

"아뇨, 없습니다."

"혹시 아편을 피우신 적이 있나요?"

"아뇨, 한 번도 없습니다. 절대로요."

"감사합니다, 부인. 이것으로 제가 알고 싶었던 것들이 좀 더 정확해졌어요. 저희는 간단히 식사를 하고 방으로 들어가겠습니다. 내일은 오늘보다 더 바쁜 일정이 기다리고 있을 것 같으니까요."

우리는 편히 쉬기 위해 더블베드가 있는 넓은 침실로 들어갔다. 나는 갑자기 일어난 사건들 때문에 매우 피곤해서 바로 침대 속으로 들어갔다. 그러나 홈즈는 해결되지 못한 문제가 있을 때는 휴식을 취하지 않고 자신이 만족스러운 결과를 얻을 때까지 심사숙고하는 성격이었다. 그는 윗옷과 조끼를 벗고 헐렁한 파란색 실내복으로 갈아입은 뒤, 베개와 쿠션을 모아 등받이가 있는 동양식 보료를 만들었다. 그리고 독한 잎담배 30그램과 성냥 한 갑을 앞에 두고 보료에 편하게 앉았다.

홈즈는 희미한 불빛 아래 낡은 파이프를 입에 물고 멍한 눈으로 천장 한 구석을 바라보고 있었다. 푸른 담배 연기만이 보일 뿐 그는 조금의 움직임도 없이 앉아 있었다. 독수리처럼 날카로워 보이는 인상이 불빛에 빛나고 있었고, 나는 그의 모습을 보면서 잠이 들었다.

조금 이른 여름 햇살이 방 안으로 들어올 무렵, 나는 외마디 비명에 놀라서 자리에서 일어났다. 그때까지 홈즈는 어젯밤과 다름없는 모습으로 파이프를 물고 있었고, 방 안은 매운 담배 연기로 가득했다. 그러나 그의 앞에 있던 잎담배는 모두 사라져버리고 없었다.

"왓슨, 일어났나? 아침 산책은 어떤가?"

"좋아, 준비하겠네."

"어서 옷을 입게. 아직 아무도 안 일어난 것 같으니 소년을 깨워 마차를 꺼내야겠군."

홈즈는 혼자 싱글벙글 웃으면서 말했다. 어제와 달리 눈이 빛나는 것을 보니 다른 사람처럼 느껴졌다. 옷을 입으면서 시계를 보니 예상보다 이른 새벽 4시 25분을 가리키고 있었다. 이런 시간에 누군가 일어날 리가 없었다. 옷을 다 입기도 전에 홈즈가 들어와서 소년이 마차를 준비하고 있다는 이야기를 전했다.

"왓슨, 이제 밤새 내가 알아낸 가설을 시험해 볼 때가 왔어."

홈즈는 구두를 신으면서 말을 계속했다.

"지금 자네 앞에는 런던, 아니 유럽 최고의 바보가 서

있어. 자네가 날 발로 찬다고 해도 난 그저 맞기만 해야
할 것 같군. 그만큼 멍청했으니까. 하지만 이젠 사건을
해결할 열쇠를 찾았어.”
　“무언가 단서를 찾은 건가? 어디에서 찾았나?”
　“욕실에서 찾았지.”
　“홈즈, 난 농담을 하는 게 아니라네.”
　“나도 농담이 아니라네. 지금 욕실에 가서 사건의 열
쇠를 가져왔어. 지금 이 가방 안에 들어 있으니 그 열쇠
가 맞는지 안 맞는지는 곧 알 수 있을 거야.”
　우리는 아무도 깨지 않도록 살금살금 계단을 내려가
밝아오는 아침 햇살 속을 달렸다. 집 앞에는 마차가 대
기하고 있었는데, 마구간 소년은 얼마나 서둘렀는지 옷
도 제대로 입지 않은 채였다. 우리는 마차를 타고 런던
을 향해 빠르게 달렸다. 이른 시간이었기 때문에 대도
시로 채소를 운반하는 마차 몇 대만 보일 뿐 길 양쪽에
있는 집들은 매우 조용했다.
　“이 사건은 정말 이상했지만 사실 실마리가 없는 건
아니었네. 솔직히 내가 눈이 어두웠던 게 사실이야. 늦
게라도 사건을 분별할 수 있게 되어서 다행일세.”
　홈즈는 말이 더 빠르게 달리도록 채찍질을 하면서 말

했다. 마차는 곧 런던 시내에 도착했고, 마차는 어느새 서레이 거리를 달리고 있었다. 부지런한 사람들은 벌써 일어나 잠이 덜 깬 얼굴로 창 밖을 내다보고 있었다. 워털루 다리를 지나 웰링턴 가를 달린 뒤, 오른쪽 길로 꺾어져 보 가에 있는 경찰서에 도착했다. 홈즈는 경찰에서 유명인사였기 때문에 문을 지키던 순경 두 명이 그에게 경례를 했다. 그들 중 한 명에게 마차를 맡기고 다른 한 명은 우리를 안으로 안내했다.

"오늘 당직은 누군가?"

홈즈가 안에 있는 경찰에게 물었다.

"브래드스트리트 경위입니다. 저기 오고 계시군요."

정복을 입고 챙이 달린 모자를 쓴 체격이 큰 형사 한 명이 우리 쪽으로 달려왔다.

"브래드스트리트 경위, 조용히 이야기를 좀 하고 싶소만."

"그럼 제 방으로 가시죠."

우리는 사무실처럼 꾸며진 브래드스트리트의 자그마한 방으로 들어갔다. 탁자 위에는 커다란 장부가 놓여 있었고, 전화기 한 대가 벽에 매달려 있었다. 경위와 우리는 책상 앞의 의자에 앉았다.

"홈즈 선생, 하실 말씀이 뭔가요?"

"난 휴 분이라는 남자 때문에 왔소. 네빌 세인트클레어 씨 실종과 관련된 용의자인 거지 말이오."

"조사가 아직 안 끝나서 그는 유치장에 있습니다."

"지금도 유치장에 있소?"

"네, 아주 얌전하지만 너무 지저분해서 견딜 수가 없습니다."

"지저분하다고요? 목욕을 시키면 되지 않소?"

"아무리 말해도 겨우 손만 씻고 말더군요. 얼굴이 얼마나 더러운지……. 조사가 끝나면 죄수 목욕탕으로 보낼 테니까 그때까지는 참아야겠죠. 그자 얼굴을 보면 내가 이렇게 말하는 이유를 알 거예요."

"난 그 사람을 지금 꼭 한 번 보고 싶소만."

"뭐 그렇게 하십시오. 가방은 여기 두고 가시는 게 좋겠군요."

"아니오. 가지고 가야 하오."

"편한 대로 하십시오. 이쪽으로 오십시오."

우리는 형사를 따라 복도로 나갔고, 쇠창살이 달린 문을 몇 개 지나 나선형으로 된 계단을 내려갔다. 바로 하얀 복도가 나왔고 양쪽으로 문들이 쭉 있었다.

"오른쪽에서 세 번째 방, 바로 여기에 있습니다."

경위는 그렇게 말하고 문 위쪽에 있는 판자를 살짝 밀고 방 안을 들여다보았다.

"지금 자고 있습니다. 한 번 보시겠습니까?"

홈즈와 나는 창살에 눈을 대고 방 안을 보았다. 휴 분은 우리 쪽으로 고개를 향한 채 자고 있었는데, 숨이 고른 것으로 보아 깊이 잠든 듯했다. 보통 체격에 그의 직업인 거지 신분에 어울리는 너덜너덜한 옷을 입고 있었다. 누더기 윗옷의 찢어진 틈 사이로 요란한 색깔의 셔츠가 비어져 나와 있는 것이 보였다. 여기서 보기에도 그는 몹시 더러웠다. 그러나 아무리 지저분해도 혐오스러울 만큼 추한 모습은 똑똑히 보였다. 오렌지색 머리는 마구 헝클어져 눈과 이마를 덮고 있었고, 폭이 넓은 오래된 흉터는 눈에서 턱까지 길게 나 있었다. 윗입술 한쪽이 말려 올라가 이빨 세 개가 바깥으로 드러나 있었다. 그는 잘 때조차도 험악해 보이는 얼굴을 하고 있었다.

"어때요? 정말 볼 만한 얼굴이지 않습니까?"

브래드스트리트 경위가 쓴웃음을 지으면서 말했다.

"정말 세수를 좀 해야겠군요."

홈즈가 말했다.

"나는 휴 분을 씻겨주고 싶어서 실례인 줄 알지만 목욕용품을 좀 챙겨왔소."

홈즈는 가방을 열어 커다란 목욕용 타월을 꺼냈다.

"홈즈 선생, 당신은 정말 재미있는 사람이군요."

경위는 웃음을 참지 못하면서 방 열쇠를 꺼냈다.

"경위, 문은 아주 조용히 열어줘요. 녀석이 깨지 않아야 하니까요. 곧 저 녀석을 말끔하게 만들어드리겠소."

"그렇게 하죠. 저도 좀 깨끗한 녀석을 상대하고 싶거든요."

경위는 열쇠를 조심스럽게 돌렸고, 우리는 조용히 감방 안으로 들어갔다. 휴 분은 돌아눕더니 다시 잠에 빠져들었다. 홈즈는 주전자 물에 목욕용 타월을 적셔서 그의 얼굴을 가로 세로로 두 번씩 힘껏 문질렀다.

"자, 리의 네빌 세인트클레어 씨를 소개합니다!"

홈즈는 의기양양한 모습으로 소리쳤다. 나는 그때처럼 놀라운 순간을 경험한 적이 없었다. 타월이 닿자 그의 얼굴은 마치 나무껍질이 벗겨지는 듯했다. 얼룩덜룩했던 피부도, 뒤틀린 입술도, 끔찍한 흉터도 모두 사라져버렸다. 홈즈가 머리카락을 잡아당기자 새둥지 같았던 오렌지색 머리도 벗겨져 검은색 머리카락이 나타났다. 다시 보니 창백하리만큼 흰 얼굴에 기품이 넘치는 남자가 침상에 앉아 잠이 덜 깬 얼굴로 주위를 두리번거리고 있었다. 그러더니 갑자기 방금 일어난 사태를 깨달았는지 그는 베개에 얼굴을 파묻어버렸다.

"세상에, 이럴 수가!"

경위는 자기도 모르게 소리를 지르고 말았다.

"실종된 사람이 여기 있다니! 난 세인트클레어 씨의 사진을 이미 봤기 때문에 저 사람이 누군지 알고 있소."

휴 분은 모든 것을 포기한 사람처럼 공격적인 말투로 경위에게 따졌다.

"그렇다면 말해 보시오. 내가 무슨 죄를 졌다고 여기에 가둔 거요?"

"네빌 세인트클레어 씨를 살해한 혐의로 여기에 온 거지만, 당신이 자살한다면 모를까 그런 혐의는 말이 안 되겠군. 27년째 경찰 생활을 하고 있는데 이런 일은 처음입니다."

경위가 웃으면서 말했다.

"내가 네빌 세인트클레어라면 범죄는 성립되지 않으니 여기 구금되는 것은 불법이오."

"범죄는 없었지만 당신은 큰 실수를 했소. 왜 아내를 속이려고 한 거요?"

홈즈가 엄한 목소리로 말했다.

"아내 때문이 아닙니다. 내 아이들에게 부끄러운 아버지가 되고 싶지 않아서였어요. 이렇게 정체가 드러나 버렸으니 이제 저는 어떻게 해야 할까요?"

홈즈는 다정한 미소로 그에게 다가가 어깨를 두드려 주었다.

"재판에 회부된다면 당신의 일은 밖으로 드러나겠지만, 기소할 명분이 없다는 점을 들어 경찰을 설득하면 될 거요. 그렇게 된다면 신문에도 나지 않을 것이고, 법정에 설 일도 없을 거요."

"오! 하느님! 감사합니다!"

남자는 뜨거운 목소리로 외쳤다.

"그럴 수 있다면 무슨 일이든지 하겠습니다. 아버지의 더러운 비밀을 아이들이 알게 하느니 제가 감옥으로 가는 게 낫다고 생각했습니다. 사형을 당한다고 해도 감수하겠다고 결심하고 있었습니다. 그럼 이러한 일이 왜 일어났는지 처음부터 설명하겠습니다. 누군가에게 제 이야기를 하는 건 처음입니다만 들어주십시오.

저의 아버지는 체스터필드에서 교장 선생님을 하신 분으로, 저는 훌륭한 교육을 받았습니다. 젊었을 때는 무대 생활을 하기도 했고, 런던의 석간신문 기자를 하기도 했죠. 신문사에서 일할 때였는데, 대도시의 구걸에 대한 연재를 기획하게 되었습니다. 제가 그 기사를 쓰기로 했는데, 그 일이 이번 사건의 발단이 된 겁니다.

구걸에 대한 자료를 수집하기 위해 저는 직접 구걸을 하기로 했죠. 배우 노릇을 한 적이 있어서 꽤 좋은 분장 실력을 가지고 있었기 때문에 거지로 분장하는 것은 어려운 일이 아니었습니다. 저는 얼굴에 칠을 좀 하고 큰 흉터와 입술 한쪽이 올라가도록 했습니다. 그리고 붉은 머리 가발을 쓰고 금융가에 자리를 잡았죠. 한없이 불쌍해 보이는 모습이었고, 구걸 단속에 걸리지 않도록 성냥팔이의 모습을 하고 있었어요.

첫날 7시간 정도 구걸을 했는데, 집에 와서 돈을 세어 보니 26실링 4펜스라는 엄청난 금액이 모였습니다. 구걸에 대한 기사를 쓰고 이 일은 잠시 잊고 있었어요. 그런데 얼마 뒤 친구의 부탁으로 보증을 서주었다가 25파운드를 대신 갚아야 하는 일이 생겼습니다. 돈을 구할 데가 없어서 고민하던 중, 예전 생각이 났죠. 그래서 채

권자에게 보름 동안만 기한을 연장해 달라고 부탁하고 신문사에도 휴가를 냈습니다. 다시 예전처럼 분장을 하고 구걸을 시작했어요. 열흘 만에 그 돈을 모아서 빚을 모두 갚았습니다.

이런 일을 겪고 나니 일주일에 2파운드를 받는 신문 기자 일이 싫어지더군요. 얼굴에 분장만 하고 앉아 있으면 하루 벌이가 그 정도였으니까요. 저는 한동안 명예와 돈 사이에서 고민을 해야 했습니다. 하지만 결국 돈이 이기고 말았어요. 며칠 뒤 저는 기자를 그만두고 출근을 하는 것처럼 매일 그 자리에서 구걸을 했습니다. 흉한 얼굴로 동정심을 자극하면 제 주머니는 동전들로 가득 찼습니다.

제 비밀을 아는 사람은 이 세상에서 단 한 사람뿐이었어요. 그는 내가 세들어 있던 스완덤 길 아편굴의 인도인 주인이었지요. 저는 그 집에서 거지 변장을 했고, 저녁에는 런던의 신사로 나왔습니다. 방세를 넉넉하게 지불했기 때문에 비밀이 밖으로 새나갈 염려는 전혀 없었죠.

얼마 되지 않아 저는 상당한 액수를 모았습니다. 런던의 모든 거지가 저처럼 1년에 700파운드씩 수입을 올리는 건 아닙니다. 저는 분장 실력 외에도 재치 있는 화술을 가지고 있었으니까요. 물론 수많은 연습을 통해서 발전시킨 것이지만요. 덕분에 구시가에서 저는 유명 인사가 되었고, 좀 과장해서 말하면 어떤 때는 1페니 동전이 비처럼 쏟아지기도 했어요. 가끔씩 은화도 있었기 때문에 아무리 운이 없어도 하루에 최소 2파운드의 수입은 올릴 수 있었죠.

돈이 모이니까 꿈이 조금씩 커지더군요. 교외에 집을 사고 아름다운 여자와 결혼도 해서 아이도 낳았습니다. 하지만 제 직업에 대해 의심하는 사람은 아무도 없었어요. 아내도 제가 사업을 하는 것으로 알고 있었는데, 그 이상은 알려고 하지 않았으니까요.

지난 월요일, 저는 하루 일을 마치고 아편굴의 2층 방에서 옷을 갈아입고 있었습니다. 그런데 아내가 밑에서 저를 바라보고 있더군요. 전 깜짝 놀라서 소리를 지르며 얼굴을 가렸습니다. 그리고 재빨리 달려가 인도인 주인에게 아무도 올라오지 못하게 해달라고 부탁했죠. 역시나 아내가 올라오려고 하는 소리가 들렸지만, 쉽게 올라올 수 없다는 것을 알았습니다. 나는 다시 거지의 모습으로 분장을 했죠. 아내의 눈도 속일 수 있을 것이라고 자신했으니까요. 사람들이 제 방을 뒤질지도 모른다는 생각에 내 물건을 밖으로 던지려고 했습니다. 그런데 창문을 열다가 아침에 다친 상처가 다시 벌어지면서 피가 난 겁니다. 서둘러 동전을 옮겨 넣은 윗옷을 밖으로 던지고 다른 것들도 던지려고 했는데, 그 순간 경찰이 방으로 올라오는 소리가 들렸습니다. 하늘이 도와주셨는지 저는 정체를 들키지 않고 살인용의자로 체포될 수 있었습니다.

저는 신분을 감추겠다고 결심했고 그래서 얼굴을 절대 씻지 않고 버티고 있었습니다. 하지만 아내가 계속 걱정할 거라는 생각에 몰래 편지를 썼습니다. 경찰이 잠시 자리를 비웠을 때 인도인에게 편지와 반지를 맡긴 거죠. 제 설명은 여기까지입니다. 더 이상 설명드릴 건 없을 것 같군요.”

“당신이 쓴 편지는 어제 부인에게 도착했습니다.”

홈즈가 세인트클레어에게 말했다.

“저런, 이제야 가다니. 일주일 동안 얼마나 걱정을 했을까!”

“경찰은 인도인을 계속 감시하고 있었어요.”

브래드스트리트 경위가 말했다.

"그래서 편지를 몰래 부치지 못했을 겁니다. 아마 그 편지를 손님으로 온 선원에게 다시 맡겼을 텐데, 그 선원은 며칠 동안 그 편지를 잊고 있었겠지요."

"브래드스트리트 경위의 말이 맞습니다."

홈즈는 경위의 말에 고개를 끄덕였다.

"분명히 그랬을 겁니다. 그런데 세인트클레어 씨, 당신은 구걸 죄로 처벌받은 적이 없었습니까?"

"벌금형을 선고받은 적은 여러 번 있었지만 수입을 생각하면 벌금은 아무것도 아니었습니다."

"이제 더 이상 그 일은 하지 마시오. 경찰이 이 일을 덮어두기를 원한다면 더 이상 휴 분이라는 거지는 없어져야 해요."

브래드스트리드 경위가 냉정한 목소리로 말했다.

"당연합니다. 남자의 명예를 걸고 다시는 그런 짓을 하지 않겠다고 맹세하겠습니다."

"좋습니다. 그럼 더 이상 당신이 이곳에 있을 이유는 없겠군요. 하지만 다시 구걸하는 모습이 발견되면 모든 사실을 공개할 거요. 홈즈 선생 덕분에 이번 사건을 해결할 수 있어서 정말 다행입니다. 그런데 어떻게 이 사건을 파악한 겁니까?"

“방법을 알려달라는 말이오?”

홈즈가 말했다.

“별로 어렵지 않소. 베개 다섯 개를 깔고 앉아서 밤새 독한 잎담배 30그램을 피우면 됩니다. 왓슨, 지금 베이커 가로 가면 아침 식사 시간에 딱 맞겠군. 서둘러 출발해야겠어.”

녹주석 보관

The adventure of the Beryl Coronet

"홈즈!"

어느 날 아침 나는 창가에 서서 거리를 내려다보다가 친구를 불렀다.

"저기 정신이 좀 이상해 보이는 사람이 혼자 뛰어오고 있어. 어느 집인지 모르겠지만 저런 상태의 사람을 혼자 밖으로 내보내다니. 자네도 이리 와서 좀 보게나."

내 친구는 안락의자에서 일어나 두 손을 실내복 주머니에 넣은 채 느릿느릿하게 창가로 다가와 내 어깨 너머로 창 밖을 바라보았다. 화창한 2월의 아침이었다. 밖은 전날 내린 눈으로 인해 온 세상이 하얗게 변해 있었으며 겨울 햇살을 받아 눈이 부셨다. 도로 중앙에는 마차들이 다녀서 지저분한 갈색 줄이 나 있었지만, 도로 양쪽과 인도 가장자리에 쌓인 눈은 여전히 깨끗하고 아름다웠다. 회색빛 포석이 깔린 보도는 눈을 깨끗이 치우긴 했지만 여전히 미끄러워서 매우 위험해 보였고, 이러한 이유 때문인지 거리는 평소에 비해 인적이 훨씬 드물었다. 사실 메트로폴리탄 역 방향으로는 기이한 행동으로 내 시선을 사로잡은 신사를 제외하면 아무도 없었다.

신사의 나이는 50세 정도로, 키가 크고 살이 쪄서 풍채가 당당했으며 이목구비 또한 뚜렷했다. 옷차림도 중후하면서도 부유함이 넘쳤다. 반짝이는 모자, 검은 프록코트, 갈색 각반, 은회색 바지 등 모든 것이 훌륭했다. 하지만 그의 행동은 옷차림이나 용모와는 전혀 딴판이었다. 신사는 힘껏 달리느라 몹시 지친 듯했고 평소에 다리를 많이 사용하지 않았던 듯 가끔씩 휘청거렸다. 그리고 달리고 있는 동안에도 경련을 일으키듯 두 팔을 위아래로 휘젓는가 하면 고개를 흔들어댔고 얼굴은 우는 것인지 웃는 것인지 분간이 되지 않을 정도로 잔뜩 찡그리고 있었다.

"도대체 무슨 일 때문에 저러는 걸까?"

내가 홈즈에게 물었다.

"내 생각에는 여기로 올 것 같군."

홈즈는 손을 비비며 대답했다.

"여기로 온다고?"

"그렇다네. 아무리 봐도 저 신사는 나한테 사건을 의뢰하러 오는 게 분명해. 난 저런 증상을 조금 알고 있지. 어떤가! 내가 말한 대로지 않나?"

홈즈의 말대로 그는 가쁜 숨을 내쉬면서 우리 집 현관으로 와서 초인종 줄을 당겼다. 온 집 안에 초인종 소리가 쩌렁쩌렁 울린 지 얼마 되지 않아 그 신사는 우리 방으로 들어왔다.

그는 여전히 숨을 몰아쉬면서 이상한 몸짓을 계속하고 있었다. 그러나 그의 두 눈에 담긴 슬픔과 절망을 본 순간 우리의 웃음은 순식간에 연민으로 바뀌었다. 잠시 동안 그는 아무 말도 못 하고 몸만 흔들면서 자신의 감정을 스스로도 제어하지 못하는지 머리칼을 쥐어뜯었다. 그러다가 갑자기 일어나더니 벽 쪽으로 달려가 세게 머리를 부딪쳤다. 우리는 깜짝 놀라서 그를 다시 방 가운데로 데려왔고, 홈즈는 그를 안락의자에 앉힌 다음 편안한 목소리로 말을 건넸다.

"제게 할 이야기가 있으신 것 같군요. 지금은 몹시 지치신 것 같으니 잠시 쉬십시오. 제가 당신 문제를 기꺼이 해결해 드리겠습니다."

그는 몇 분 정도 숨을 몰아쉬면서 감정을 조절하려고 노력했다. 곧이어 손수건으로 이마의 땀을 닦더니 우리 쪽으로 고개를 돌리면서 말을 꺼냈다.

"아마 당신들은 나를 미쳤다고 생각할 거요."

"그렇지 않습니다. 고통스러운 일이 있는 것 같군요."

"물론이오! 갑자기 닥쳐온 이 끔찍한 일에 미쳐버릴 것 같소. 여태까지 꽤 괜찮은 인생을 살았다고 생각했는데, 이제 공개적으로 모욕을 당하게 생겼으니. 모두 운명이라고 생각하며 체념할 수도 있지만, 이렇게 지독한 일을 겪으니 영혼마저 악마에게 빼앗기는 기분이 든다오. 게다가 이 사건을 해결하지 못하면 이 나라에서 가장 고귀한 분이 힘들어지실 거요."

"일단 진정하시는 게 좋겠습니다. 그리고 당신이 누구이며 무슨 일 때문에 여기 온 건지 말씀해 주십시오."

"나는 스레드니들 가에 있는 홀더 앤 스티븐슨 금융회사의 알렉산더 홀더라고 하오. 내 이름을 들어본 적이 있을지도 모르겠소."

그는 런던에서 두 번째로 큰 민간 은행의 사장으로, 우리도 그의 이름은 익히 잘 알고 있었다. 무슨 일이 일어났기에 런던의 일류 시민인 그가 왜 이런 모습으로 여기를 찾아왔을까 하는 호기심이 생겼다. 그는 잠시 쉬면서 자신의 호흡을 다시 가다듬었다.

"한시가 급한 일이오. 경찰에서도 선생의 도움을 받는 게 좋을 거라고 해서 온 거요. 나는 지하철을 타고 베이커 가 역에서 내려 여기까지 왔는데, 눈길이라 걷는 게 빠르다고 생각했소. 그런데 평소 운동을 전혀 하지 않았기 때문인지 몹시 숨이 차더군. 이제 사건에 대해 이야기하도록 하겠소.

은행 경영에서 가장 중요한 것은 예금주를 널리 모으고 그들과의 관계를 돈독히 하여 돈을 모으는 것이지만, 이익을 남길 수 있는 투자처를 찾는 것도 굉장히 중요한 일이오. 그건 여기 계신 두 분도 잘 알거요. 그런데 돈을 굴리는 가장 유리한 수단 중의 하나가 대출인데 이때 담보를 확보하는 것은 당연한 일이지요. 우리는 지난 몇 년 동안 그 분야에서 꽤 괜찮은 수익을 얻었소. 많은 귀족 가문에서도 그림, 장서, 식기류 등을 담보로 맡기고 거액을 대출하곤 했으니까 말이오.

어제 아침도 여느 때처럼 사무실에 앉아 있는데, 직원이 깜짝 놀랄 만한 명함 하나를 가져왔소. 그 이름은 영국에서 가장 높고 고귀한 분이기 때문에 함부로 말할 수도 없소. 그분이 사무실로 들어왔을 때 나는 대체 무슨 말을 해야 할지 몰랐소. 그런데 그분이 먼저 말을 꺼냈소.

'홀더 씨, 돈을 좀 빌리고 싶어서 이렇게 찾아왔소.'

'네, 저희 은행에서는 담보에 따라 대출해 드리고 있습니다.'

'나는 지금 5만 파운드가 필요하오. 사실 그 정도의 돈을 지인들에게 빌릴 수도 있지만, 다른 사람의 신세를 지지 않고 싶어서 직접 온 거요. 이해하겠소?'

'물론입니다. 돈은 얼마 동안 빌리실 예정인가요?'

'다음 주 월요일에 들어올 돈이 있는데 그때 갚으려고 하오. 이자는 은행에서 원하는 대로 지불할 것이오. 가장 중요한 건 지금 당장 돈을 받아야 한다는 거요.'

'제 개인 금고에서 빌려드리는 게 좋겠군요. 은행에서 대출받으려면 절차가 몹시 번거롭고 까다롭습니다. 또 신분 고하를 막론하고 담보를 잡는 과정을 반드시 거쳐야 하고요.'

'그렇게 하는 게 훨씬 더 좋겠군.'

그분은 의자 옆에 있던 검은색 모로코 상자를 꺼냈소.

‘혹시 녹주석 보관에 대한 이야기는 들어봤소?’

‘물론입니다. 영국의 가장 소중한 보물 중 하나지요.’

그분이 상자의 뚜껑을 열었는데, 부드러운 분홍색 벨벳 쿠션 위에 그 유명한 보관이 찬란한 빛을 발하며 놓여 있었소.

‘홀더 씨, 이 보관에는 39개의 큰 녹주석이 달려 있고 금관의 가격만 해도 엄청날 거요. 이 보관의 가치는 아무리 적게 잡아도 내가 빌리려고 하는 금액의 두 배는 될 거요. 이걸 담보로 맡기겠소.’

나는 그 상자를 두 손으로 받쳐 들고 멍하니 보관을 바라보았소. 너무나 당황스러운 일이었기 때문에 아무 말도 하지 못하고 있었던 거요.

‘혹시 이 보관의 가치가 적은 거요? 아니면 의심하는 거요?’

‘아닙니다. 이렇게 실제로 보니 너무 놀라워서 잠시 당황하고 말았습니다.’

‘내가 보관을 맡기는 것은 4일 후에 찾아갈 수 있다는 확신 때문이오. 만약 그렇게 하지 못한다면 보관을 들고 오지도 않았을 거요. 이건 형식일 뿐이니 너무 걱정하지 마시오. 담보로는 적당하겠소?’

‘물론입니다. 원하신다면 그 이상의 돈도 빌려드릴 수 있습니다.’

‘5만 파운드면 됐소. 난 당신을 믿고 신뢰의 증표를 주는 것이니 이 일에 대해 소문이 퍼지지 않았으면 하오. 또 이 보관을 각별히 신경 써서 간수해 줄 것이라고 믿겠소. 혹시라도 이와 관련되어 어떤 일이라도 벌어지면 영국 전체가 뒤집어질 테니까 말이오. 보석이 하나라도 없어진다면 그것은 보관 전체를 잃어버리는 것과 다름없소. 온 세계를 다 뒤진다고 해도 이와 비슷한 녹주석을 찾을 수는 없을 테니까. 여기 보관을 두고 월요일 아침에 직접 찾으러 오겠소.’

그분은 매우 바쁜 듯이 보였고 나는 더 이상 말하지 않고, 경리담당을 불러 그분에게 1천 파운드짜리 지폐 50장을 내드리라고 지시했소. 하지만 사무실에서 혼자 그 보관을 보고 있자니 갑자기 겁이 나기 시작했소. 이런 엄청난 나라의 보물을 내가 가지고 있다는 것이 몹시 부담스러웠던 거요. 그 보물을 보관하기로 한 것이 후회되기 시작했지만 이미 어쩔 수 없었소. 일단 개인 금고 속에 넣은 뒤 다른 업무를 시작했소.

퇴근이 가까워지자 이런 보물을 사무실에 두고 간다

는 게 꺼림칙했소. 은행 금고도 털린 적이 있는데, 개인 금고야 더 쉽지 않겠소? 그래서 보관을 가지고 매일 출퇴근하기로 결심했소. 그래서 보관을 조심스럽게 들고 스트리트햄의 집까지 마차를 타고 갔소. 그 상자를 침실에 딸려 있는 옷방의 옷장 속에 넣고 자물쇠를 채울 때까지 난 숨도 크게 쉬지 못하고 불안에 떨 수밖에 없었소.

홈즈 선생, 이제 우리 집에서 일하는 사람들에 대해서 이야기하겠소. 상황을 정확하게 알기 위해서는 필요할 것 같으니까 말이오. 마부와 일하는 아이는 집 밖에서 자니까 이야기할 필요는 없을 것 같소. 우리 집에는 하녀가 셋이고 다들 일한 지 오래 되어 아주 믿을 만한 사람들이오. 그리고 들어온 지 얼마 안 되는 루시 파라는 심부름하는 하녀가 한 명 있소. 추천장을 가지고 오기도 했지만, 일도 꼼꼼하게 잘 해서 모두들 칭찬하고 있소. 그런데 단점이라고 하긴 좀 그렇지만 지나치게 미인이라는 게 문제요. 쫓아다니는 남자들이 끊이지 않아서 그들이 집 근처를 배회하곤 하기 때문이오. 그 점을 뺀다면 나무랄 데 없는 좋은 하녀임에 틀림없소.

난 오래 전에 아내를 잃어서 가족이라고는 외아들 아

서밖에 없소. 나는 아내가 죽은 뒤 아들뿐이라는 생각에 아들이 해달라는 것은 모두 해주었소. 그 때문인지 아서는 제멋대로 컸고, 결국 일이 완전히 틀어지고 말았소. 차라리 엄격하게 대하는 게 나았을 거라고 생각하지만, 이제 와서 뭘 어쩌겠소.

아서는 거칠고 고집불통인 녀석이오. 내 일을 물려주고 싶었지만 사업가 기질도 없는데다가 현금을 믿고 맡길 만큼 신뢰할 수 없었던 게 사실이오. 아서는 나이가 되자 귀족 클럽에 가입해서 돈을 함부로 쓰기 시작했소. 사치와 낭비를 일삼는 귀족들과 친해지면서 거액의 카드놀이를 하고 경마에 돈을 낭비했소. 나중에는 용돈을 가불해서 도박 빚을 갚기까지 했으니 부끄러울 따름이오. 아서도 더 이상은 안 되겠다고 생각했는지 모임에서 탈퇴하려고 했지만 소용없었소. 모임의 일원 중에 조지 번웰 경이라는 사람이 있는데, 항상 그에게 끌려 다니는 것 같았소.

조지 번웰 경이라는 사람은 나도 본 적이 있소. 우리 집에도 자주 오곤 했는데, 상당히 매력적인 사람이었기 때문에 아서가 그에게 끌려 다니는 것도 무리는 아니라고 생각했소. 그는 아서보다 몇 살 위인데 경험도 많고 아는 것도 많았소. 화술도 매우 뛰어난데다가 조각같이 생긴 미남자이기도 하오.

하지만 객관적으로 본다면 그는 신뢰할 수 없는 사람이 확실하오. 냉소적인 말투와 차가운 눈빛을 보면 누구나 알 수 있소. 직감이 뛰어난 메리 역시 그렇게 생각하고 있소. 참, 메리는 5년 전에 죽은 내 동생의 딸이오. 나는 혼자 남은 메리를 데려와 양녀로 삼았고, 지금은 우리 집에서 태양 같은 존재가 되었소. 상냥하고 아름다울 뿐만 아니라 영리해서 집안의 관리자로도 부족함이 없소. 그녀가 없는 집은 상상도 할 수 없을 만큼 중요한 존재라오.

하지만 그녀 역시 나를 실망시켰소. 아서가 그녀에게 두 번이나 청혼했는데 모두 거절했기 때문이오. 그 녀석을 올바르게 인도할 수 있는 사람은 메리뿐인데…….
지금이라도 아서가 메리와 결혼한다면 아서는 새 출발을 할 수 있을 거요. 하지만 이제 모든 것이 끝났소. 일이 이렇게 되어버렸으니.

이제 나를 가장 견딜 수 없게 만든 이번 사건에 대해 이야기하겠소. 보관을 가져온 그날 밤, 나는 저녁을 먹고 커피를 마시면서 아서와 메리에게 그분과 보관에 대한 이야기를 해주었소. 그 보물이 우리 집에 와 있으니 조심해야 한다는 이야기도 했소. 그때 루시 파가 커피를 가져왔는데, 그 이야기를 들었는지는 정확하지 않소. 문이 열려 있었을 수도 있으니까. 아서와 메리는 크게 흥미를 느끼면서 보관을 보고 싶어 했지만, 난 단호하게 거절했소. 꺼내지 않는 것이 더 안전하다고 생각했기 때문이오.

'보관을 어디에 두셨는데요?'

아서가 물었소.

'옷장 속에 두었지.'

'오늘 밤 도둑이라도 들면 큰일이겠군요.'

'자물쇠를 채워놓았으니 걱정하지 않아도 될 거야.'

'그 옷장은 쉽게 열 수 있어요. 제가 어렸을 때 찬장 열쇠로 옷장을 열기도 했는걸요.'

아서와 이런 대화를 나누었지만 그의 말에는 별로 신경을 쓰지 않았소. 아서는 아무 생각 없이 함부로 말을 하는 경우가 많았으니까. 그런데 내가 침실로 가려고 할 때 아서가 갑자기 심각한 얼굴로 나를 따라 들어왔소.

'아버지, 잠깐만요.'

아들은 눈을 내리깔고 말했소.

'200파운드만 가불해 주시면 안 될까요?'

'절대 안 된다. 못 줘!'

나는 소리를 빽 질렀소.

'그동안 너한테 준 돈이 얼마인지 아는 거냐?'

'죄송해요. 하지만 그 돈이 없으면 저는 클럽에 다시는 못 나갈 거예요.'

'그럼 오히려 다행이지.'

내가 외쳤소.

'그래요, 하지만 불명예스럽게 클럽에서 나오고 싶진 않아요. 그런 치욕은 견딜 수 없답니다. 저에게는 그 돈이 꼭 필요해요. 아버지께서 돈을 주시지 않는다면 다른 방법을 찾아볼 수밖에요. 저는 그 돈을 어떻게든 구해야만 해요.'

난 그때 몹시 화가 났소. 왜냐하면 이 달에만 벌써 돈을 달라는 세 번째 요구였으니까요.

'절대 안 된다. 한 푼도 줄 수 없으니 알아서 해라!'

내가 소리를 지르며 화를 내자 아서는 조용히 방을 나갔소. 방에 혼자 남게 된 나는 보관이 잘 있는지 확인하고, 문단속을 하기 위해 집 안을 한 바퀴 돌았소. 문단속은 메리의 몫이었지만, 그날은 보관이 있었기 때문에 내가 직접 했던 거요. 1층으로 내려가니 메리가 홀 옆쪽 창가에 서 있었소. 내가 그쪽으로 가자 메리는 창문을 닫고 잠갔소.

'아버지, 오늘 루시한테 외출을 허락해 주셨나요?'

메리는 약간 불안한 듯이 나에게 물었소.

'아니, 허락하지 않았는데.'

'루시가 방금 부엌문으로 들어왔어요. 누군가를 만나러 쪽문까지 나갔다 온 것 같아요. 조심하라고 말해야겠어요.'

'그래, 내일 아침에 말하는 게 좋겠구나. 불편하다면 내가 직접 말해도 되고. 문단속은 끝난 거냐?'

'네, 다했어요.'

'그럼 잘 자라.'

나는 메리에게 인사를 하고 침실로 돌아와서 잠자리에 들었소. 난 이 사건과 관련된 모든 것을 이야기하는 것이니 이야기가 길어지더라도 이해해 주시오. 혹시 지금까지 이야기 중에서 더 알고 싶은 부분은 없소?"

"없습니다. 모든 이야기를 잘 해주시고 계십니다."

"고맙소. 앞으로 하는 이야기도 최대한 노력하겠소. 난 평소에도 깊이 잠드는 편은 아닌데, 그날은 보관 때문인지 평소보다 더 얕은 잠을 잤소. 그런데 새벽 2시 정도쯤 어떤 소리가 들려서 잠이 깼소. 곧이어 창문이 닫히는 소리가 들리더니 옆방에서 발자국 소리가 들렸소. 난 너무 놀라서 침대에서 나와 보관을 확인하기 위해 옷방 안으로 들어갔소.

'아서!'

나는 비명을 지르다시피 아서를 불렀소.

'이 나쁜 놈아! 네가 감히 그 보관에 손을 대?'

나는 등잔의 심지를 돋우고 주위를 자세히 살펴보았소. 그곳에는 잠옷 바람의 아서가 서 있었소. 두 손에는 보관을 들고서 말이오. 아서는 보관을 힘껏 구부리고 있었소. 내가 너무 놀라서 소리를 지르자 아서는 보관을 떨어뜨리고 얼굴이 창백해졌소. 나는 재빨리 보관을 집어 들고 살펴보았소. 녹주석 세 개가 달려 있던 금판 하나가 통째로 사라져버렸소.

'이 몹쓸 녀석!'

나는 너무 화가 나서 악을 쓰며 외쳤소.

'이걸 부수다니 도대체 생각이 있는 것이냐? 너 때문에 나는 이제 얼굴을 들고 다닐 수가 없게 되었다! 훔친 보석은 어디에 두었느냐!'

‘제가 훔쳤다고요?’

아들 녀석이 맞서서 소리 질렀소.

‘그래, 이 도둑놈아!’

나는 아들 녀석의 어깨를 잡아 흔들면서 큰 소리로 고함을 쳤소.

‘대체 보석을 어디에 두었느냐! 어서 가져오너라!’

‘그럴 리가요. 아무것도 없어지지 않았어요.’

녀석이 말했지요.

‘여기 녹주석 세 개가 없어진 게 안 보이냐! 도둑질도 모자라서 거짓말까지 하려고? 당장 가져오지 못해! 아무리 돈이 급해도 이런 일을 저지르다니!’

‘아버지, 저도 아버지한테 욕을 먹을 만큼 먹었어요. 하지만 더 이상은 참지 않겠어요. 제가 그동안 잘못한 게 많지만 이런 모욕은 참을 수가 없어요. 그리고 이 일에 대해 한 마디도 하지 않을 거고, 더 이상 이 집에서도 살지 않겠어요. 내일 아침에 집을 나가겠어요.’

‘그 전에 네가 훔친 물건을 내놓아야 할 거다. 경찰에 신고해서 이 문제를 철저하게 조사할 거니까.’

‘아버지 맘대로 하세요. 전 아무 말도 안할 거니까요. 경찰이 알아서 하겠죠.’

　나는 정신이 나가서 소리를 쳤고, 아서 역시 전과 달리 목소리를 높이면서 대들더군요. 아서와 내가 싸우는 소리가 들리자 온 집안사람들이 다 일어났소. 메리가 가장 먼저 옷방으로 왔는데, 아서와 보관을 보더니 얼마나 놀랐는지 기절해 버렸소. 난 하녀 한 명을 바로 경찰에게 보냈고, 곧 경위가 순경 한 명을 데리고 왔소.

　'아버지, 저를 고발하실 건가요?

　아서는 인상을 쓰고 팔짱을 낀 채 물었소.

　'네가 망가뜨린 보관은 국가의 재산이다. 이건 국가의 보물과 관계된 거라 이미 사적인 부분을 넘어섰어. 난 법대로 처리할 거다.'

　'알겠습니다. 하지만 당장 저를 체포하진 않을 테니 잠깐만 밖에 나갔다 오겠습니다. 5분이면 충분합니다.'

　'그럴 수는 없다. 그 사이에 도망을 칠 수도 있고 보석을 숨길 수도 있을 테니까.'

　'할 수 없죠. 아버지 마음대로 하세요.'

　'아서, 너는 내 명예뿐만 아니라 그분의 명예까지 실추시킬 수 있는 일을 하고 있어. 제발 마음을 바꾸고 보석을 돌려다오. 만약 네 손에 없다면 어떻게 했는지라도 알려주면 된다. 보석만 돌려준다면 이 일을 모두 용

서하고 없었던 것으로 해주겠다.'

'용서라니요. 그런 건 저에게 필요 없습니다.'

아서는 저를 비웃으면서 말했소. 더 이상 어떻게 할 수가 없었기 때문에 나는 경위에게 아서를 체포하라고 했소. 그리고 아들의 몸과 방, 보석을 숨길 만한 곳을 모두 샅샅이 뒤졌소. 그러나 보석은 나오지 않았고, 아서는 입을 굳게 다물고 말았소.

오늘 아침 아서는 감옥으로 들어갔소. 경찰에서는 더 이상 방법이 없다고 했고, 홈즈 선생에게 가서 부탁하는 것이 어떠냐고 제안했소. 비용은 얼마가 들어도 좋으니 제발 보석을 찾아주시오. 1천 파운드의 현상금도 이미 걸었소. 하룻밤 사이에 명예와 보석, 그리고 아들 녀석마저 잃어버리다니…… 아! 이제 나는 어떡하면 좋소! 정말 미칠 것 같소."

그는 다시 몸을 앞뒤로 흔들면서 슬픔에 못 이겨 혼잣말을 중얼거렸다.

"진정하십시오. 그럼 이제 몇 가지 질문을 하겠습니다. 평소 댁에 손님이 많이 오는 편인가요?"

"동업자 가족을 빼면 찾아오는 사람은 많지 않소. 가끔 아서의 친구들이 놀러왔고, 최근에는 아까 말한 조지 번웰 경이 몇 번 찾아오곤 했소.”

“사교계 출입은 자주 하는 편이신가요?”

“아서는 많이 다니지만 메리와 나는 주로 집에 있소. 화려한 분위기를 좋아하지 않기 때문이오.”

“메리 양은 아직 젊은 아가씨인데 집에만 있다니 의외군요.”

“워낙 조용한 성격이라서 그럴 거요. 올해 24살이니까 나이도 적지 않아서 더욱 그렇고요.”

“아까 하신 말씀에 따르면 메리 양 역시 이번 사건 때문에 큰 충격을 받은 것 같은데요.”

“그렇소, 나보다 더 큰 충격을 받았소.”

“두 분 모두 아서 군이 보석을 훔쳤다고 생각하는 겁니까?”

“난 아서가 보관을 들고 있는 것을 분명히 보았소. 그러니 당연히 훔쳤다고 생각할 수밖에.”

“글쎄요. 그게 결정적인 증거가 될 수는 없을 것 같군요. 보관의 나머지 부분에도 상처가 남아 있나요?”

“그렇소, 다른 부분도 찌그러져 있었소.”

“혹시 아서 군이 찌그러진 부분을 펴기 위해 그런 행동을 했다고 생각하지는 않으시나요?”

“홈즈 선생, 그렇게 말해 주다니 정말 고맙소. 하지만 그건 말이 되지 않아요. 만약 훔친 게 아니라면 왜 아무 말도 하지 않고 감옥에 있겠소?”

“바로 그게 문제죠. 아서 군이 죄가 있다면 왜 거짓말을 하지 않을까요? 아서 군의 침묵에는 여러 가지 의미가 있을 것 같습니다. 이 사건에는 이상한 부분들이 좀 있어요. 홀더 씨를 잠에서 깨운 그 소리는 뭐라고 생각하십니까?”

“난 잘 모르겠소. 경찰에서는 아서가 방문을 닫을 때 난 소리라고 생각하고 있소.”

“저런, 그런 보물을 훔치려는 사람이 다른 사람이 깰 정도로 문을 세게 닫았다는 겁니까? 말이 안 되는 이야기죠. 그럼 경찰은 보석이 어디에 있다고 생각하죠?”

“보석을 찾으려고 집안 곳곳을 샅샅이 뒤졌지만 아직 행방을 못 찾고 있소.”

“집 밖은 찾아봤나요?”

“물론이오. 경찰은 정원 전체를 모두 뒤졌소. 물론 보석은 찾지 못했지만.”

“이 사건은 매우 복잡해 보이는군요. 적어도 제 눈에는요. 홀더 씨가 말한 내용을 제가 다시 설명해 보겠습니다. 아서 군은 밤중에 홀더 씨의 방으로 가서 옷장을 열고 보관을 꺼냈습니다. 그리고 사라진 부분을 힘들게 떼서 아무도 찾을 수 없는 곳으로 옮겨놓았죠. 그리고 다시 보관을 옷방으로 갖다 놓으러 왔습니다. 이게 말이 된다고 생각하시나요?"

"이상하긴 하지만 다른 설명이 없지 않소? 그놈이 잘못이 없다면 왜 저러고 있단 말이오?"

홀더 씨는 괴로운 표정으로 머리를 쥐어뜯으면서 말했다.

"그 질문에 대답할 수 있도록 제가 알아보겠습니다. 괜찮으시다면 같이 댁으로 갈 수 있을까요? 현장을 살펴보고 싶습니다."

나는 홀더 씨의 이야기를 들으면서 동정심과 함께 호기심이 생겼기 때문에 홈즈를 따라 나섰다. 나 역시 홀더 씨와 마찬가지로 아서 군이 범인이라고 생각하고 있었다. 그러나 홈즈가 그렇게 생각하지 않는다는 것은 충분한 이유가 있기 때문이고, 보석을 찾을 수 있는 희망도 있을 것이라고 생각했다.

홀더 씨는 홈즈의 자신 있는 태도를 보면서 희망을 얻은 듯했다. 아까와 달리 한층 활기 있는 모습을 보이더니 나와 은행에 대한 이야기까지 했다. 우리는 기차를 타고 잠시 걸어서 홀더 씨의 검소해 보이는 저택에 도착했다.

홀더 씨의 저택인 페어뱅크는 도로에서 조금 떨어진 곳에 있었으며, 커다란 흰색 석조 건물이었다. 마차 진입로가 철문 앞까지 이어졌고, 잔디밭에는 눈이 쌓여 있었다. 도로에서 주방 입구까지 울타리 사이로 작은 길이 있었는데, 장사꾼들이 이용하는 길이라고 했다. 오른쪽에는 잡목 숲이 있었으며 왼쪽에는 마구간으로 가는 길이 있었는데, 누구나 다닐 수 있는 공공 도로였다.

홈즈는 천천히 걸어서 집을 한 바퀴 돌았고, 앞마당을 가로질러 장사꾼들이 다니는 작은 길로 갔다. 그리고 정원을 한 바퀴 돌고 마구간 길로 걸어갔다. 시간이 꽤 걸렸기 때문에 홀더 씨와 나는 식당에서 그가 오기를 기다렸다. 그때 문이 열리고 수수한 차림의 젊은 숙녀가 들어왔다. 그녀는 보통 키에 호리호리한 몸매를 하고 있었는데, 얼굴이 매우 창백해서 검은 머리카락과 검은 눈동자가 매우 돋보였다. 그렇게 창백한 여성의 모습은 처음이었고, 홀더 씨에게 느꼈던 것보다 더 큰 절망감과 슬픔을 엿볼 수 있었다. 그러나 강한 성격을 가진 여성이었기 때문에 자제력을 발휘하여 자신을 다스리고 있었다.

"아버지, 오빠를 풀어주셨나요?"

"메리, 이 문제는 철저하게 조사해야 한다. 그놈은 감옥에 더 있어야 해."

"오빠에게는 죄가 없다고 생각해요. 아버지는 제 직감을 믿으시잖아요. 오빠를 너그럽게 대해 주세요."

"그놈이 잘못이 없다면 왜 아무 말도 하지 않겠느냐? 분명히 보석을 훔쳤을 거다."

"아버지한테 도둑으로 의심을 받으니까 너무 화가 나서 그럴 수도 있어요."

"그 녀석이 보관을 들고 있는 것을 내 두 눈으로 똑똑히 봤다. 그런데 의심을 하지 말라는 거냐?"

"그냥 보고 싶어서 그랬을 수도 있잖아요. 이번 일이 더 이상 확대되지 않았으면 해요. 오빠가 감옥에 가다니, 말도 안 돼요."

"보석을 찾을 때까지는 어쩔 수 없어. 너는 아서만 걱정하고 나는 걱정하지 않는 거냐? 난 이 일을 제대로 해결하기 위해 런던에서 신사 한 분을 모셔왔다."

"아, 이분이신가요?"

"아니, 왓슨 박사는 그분의 친구란다. 그분은 조사할
게 있어서 마구간 길을 돌아보고 있단다."

"마구간 길을? 거기에 뭐가 있나요? 아, 저기 오시는
군요."

메리 양은 검은 눈썹을 추어올리면서 물었다.

"안녕하세요, 선생님은 오빠의 무죄를 증명해 주시겠
지요?"

"물론입니다. 저도 아가씨와 같은 의견이고, 그 사실
을 증명할 거라고 믿습니다."

홈즈는 대답을 하고 깔개 쪽으로 가서 신발에 묻어
있는 눈을 털어냈다.

"메리 홀더 양이 맞으시죠? 제가 질문을 좀 드려도 될
까요?"

"물론입니다. 이 문제를 해결할 수 있다면 저는 어떤
일이라도 하겠어요."

"지난밤, 이상한 소리를 들으셨나요?"

"전 아무 소리도 못 들었어요. 아버지가 소리를 지르
셔서 잠에서 깼으니까요."

"알겠습니다. 어젯밤 문단속을 메리 양이 하셨다고
하던데 창문은 모두 잠갔나요?"

“네, 모두 잠겼습니다.”

“오늘 아침에도 창문이 모두 잠겨 있었나요?”

“네, 그렇습니다.”

“하녀 중에 애인이 있는 사람이 있나요? 어젯밤 메리 양이 하녀가 애인을 만나러 밖에 나갔다고 홀더 씨에게 말했다고 들었는데요.”

“네, 거실에서 시중을 드는 하녀죠. 아버지가 말씀하신 보관 이야기를 들었을지도 모르고요.”

“메리 양은 하녀가 집 밖에서 애인을 만나 보관 얘기를 하고, 둘이서 보관을 훔치려는 계획을 세웠을지도 모른다고 생각하시는 것 같군요.”

“하지만 그런 막연한 추측이 무슨 소용이란 말이오. 어떤 증거도 없지 않소!”

홀더 씨가 참지 못하고 소리를 질렀다.

“내가 아서 놈이 보관을 들고 있는 걸 봤다고 하지 않았소?”

“홀더 씨, 잠깐만 기다려주십시오. 우리는 곧 그 문제로 다시 돌아갈 겁니다. 메리 양, 그 하녀 말입니다. 그 하녀가 부엌문으로 들어오는 모습을 봤다고 하셨죠?”

“네, 부엌문이 잠겨 있는지 보러 갔다가 그 애와 마주

쳤어요. 남자가 어둠 속에 서 있는 것도 봤습니다."

"그 남자가 누군지 아십니까?"

"물론이죠, 우리 집에 채소를 갖다 주는 채소장수예요. 이름은 프란시스 프로스퍼고요."

"그 남자가 부엌문 왼쪽에 서 있었나요? 길 위쪽으로 문에서 좀 떨어져 있는 곳 말입니다."

"맞아요. 거기에 서 있었어요."

"그는 나무다리를 하고 있죠? 의족 말입니다."

"어머, 그런 것을 어떻게 아시죠?"

홈즈의 얘기를 듣던 메리 양의 검은 눈동자에 놀라움과 두려움이 엿보였다. 그녀는 얼굴에 미소를 띠고 있었지만, 홈즈의 얼굴은 매우 심각했다.

"그럼 2층으로 올라가 보도록 하죠. 올라가기 전에 1층 창문을 자세히 살펴보겠습니다. 집 밖은 잠시 후에 다시 한 번 보도록 하죠."

홈즈는 창문을 하나하나 살펴보더니 홀에서 마구간 길이 보이는 창문 앞에서 걸음을 멈추었다. 그는 창문을 열고 돋보기로 창틀을 꼼꼼하게 살펴보았다. 한참을 그곳에 있던 그는 드디어 2층으로 올라갔고, 옷방이 있는 홀더 씨의 방으로 들어갔다,

홀더 씨의 옷방은 검소하게 꾸며진 작은 방이었다. 방 안에는 커다란 옷장과 전신 거울이 있었고, 바닥에는 회색 카펫이 깔려 있었다. 홈즈는 옷장 앞에서 자물쇠를 천천히 들여다보았다.

"이 자물쇠는 어떤 열쇠로 열죠?"

"아서가 말한 대로 골방 찬장 열쇠를 쓰고 있소."

"그 열쇠가 지금 여기 있습니까?"

"옆에 있는 탁자 위에 있소."

홈즈는 열쇠를 가지고 옷장 문을 열었다.

"자물쇠가 돌아가는 소리가 전혀 나지 않는군요. 그래서 옷장 문이 열려도 홀더 씨가 깨지 않았군요. 그럼 보관을 한 번 보겠습니다."

상자의 뚜껑을 열자 왕관의 우아한 모습이 드러났다. 최고의 보석 세공 기술이 발휘된 작품으로, 남아 있는 36개의 보석은 최상품임이 확실했다. 그러나 한쪽에는 홀더 씨가 말한 대로 뜯겨나간 흔적이 남아 있었다.

"홀더 씨, 이 금판은 도난당한 것과 같은 것입니다. 이것을 떼어내실 수 있나요?"

"내가 왜 그런 일을 하겠소?"

"그럼 제가 한 번 해보죠."

홈즈는 보관에 있는 금판을 떼어내려고 했지만, 금판은 전혀 움직이지 않았다.

"금판이 약간 움직이는 느낌은 나는군요. 제가 이걸 떼어내려면 얼마나 시간이 걸릴지 모르겠습니다. 제 악력은 꽤 센 편에 속하는데도 이 정도니, 보통 남자라면 어림도 없을 겁니다. 만약 제가 이걸 뗐다면 어떤 일이 벌어졌을까요? 아마 총소리만큼 시끄러운 소리가 났겠죠. 하지만 홀더 씨는 근처에서 아무런 소리도 듣지 못했습니다."

"도대체 무슨 말을 하는 건지 전혀 모르겠소."

"지금은 그렇죠. 곧 사건의 진상이 밝혀질 겁니다. 메리 양은 어떻게 생각하시나요?"

"솔직히 말씀드리면 저도 아버지처럼 뭐가 뭔지 잘 모르겠습니다."

"홀더 씨, 지난밤에 아서 군은 맨발이었다고요?"

"그렇소. 그 녀석은 잠옷 바람이었소."

"알겠습니다. 이번 현장 조사는 유난히 운이 좋은 것 같아요. 이 정도의 증거에도 사건을 해결하지 못한다면 그것은 모두 제 책임일 겁니다. 그럼 저는 집 밖에서 조사를 좀 더 하도록 하겠습니다."

홈즈는 불필요한 발자국이 생기지 않도록 혼자 밖으로 나갔다. 약 한 시간 정도 지난 후에 홈즈는 알 수 없는 표정을 한 채로 눈을 잔뜩 묻히고 들어왔다.

"홀더 씨, 제가 필요한 것은 모두 봤습니다. 이제 돌아가도록 하겠습니다."

"그럼 보석은 어디에 있는지 알아냈소?"

"그건 아직 알 수 없습니다."

"이럴 수가! 그럼 아서는 어떻게 되는 거요? 보석을 찾을 희망은 있는 거요?"

"아서 군이 무죄라는 제 생각은 변함없습니다."

"대체 지난밤에 집에서 무슨 일이 일어난 것인지 알아냈소?"

"내일 아침 9시에서 10시 사이에 아까 오셨던 베이커 가로 오시면 궁금증을 풀어드리죠. 그리고 제가 어떤 금액이라도 쓸 수 있는 백지 수표를 한 장 주신다면 보석을 되찾아드리겠습니다."

"그렇게 하겠소. 보석만 되찾을 수 있다면 전 재산이라도 기꺼이 내놓겠소."

"알겠습니다. 그럼 남은 문제를 해결하도록 하죠. 저녁이 되기 전에 다시 올지도 모르겠습니다."

홈즈가 이미 사건의 결론을 내렸다는 것은 확실했다. 나는 막연한 짐작도 할 수 없었기 때문에 홈즈에게 사건에 대해 이런저런 것들을 물어보았다. 그러나 그는 화제를 바꿔버렸고 난 포기할 수밖에 없었다.

우리가 베이커 가로 돌아온 것은 약 3시 정도였다. 홈즈는 자신의 방으로 들어갔다가 다시 나왔는데, 길거리에서 쉽게 볼 수 있는 건달의 모습을 하고 있었다. 반질거리는 낡은 코트와 신발, 빨간색 스카프, 목까지 세운 옷깃까지 모든 게 완벽했다.

"이 정도면 충분할까?"

홈즈는 거울을 쳐다보면서 만족스러운 웃음을 지었다.

"왓슨, 자네와 함께 가고 싶지만 이번엔 안 되겠군. 지금 내가 추적하고 있는 것이 정확한 단서인지 아닌지 알 수 없어서 말이야. 몇 시간 뒤에는 돌아올 것 같으니 이따 보자고."

그는 선반에서 소고기 한 조각을 떼어내 둥근 빵 조각 사이에 끼우더니, 이 보잘것없는 음식을 주머니에 넣고 집을 나섰다.

나는 잠시 그의 일을 잊고 차를 마시면서 쉬고 있었다. 얼마 뒤 홈즈가 옆에 고무를 덧댄 낡은 구두 한 짝을 흔들면서 방으로 들어왔다. 기분이 몹시 좋은 얼굴을 한 그는 신발을 방구석에 던져놓고 차를 따라 마셨다.

"지나가다 들른 거라네."

그가 말했다.

"다시 나가봐야 해."

"또 어디를 가는 건가?"

"웨스트엔드 맞은편에 볼 일이 있어. 시간이 좀 걸릴 것 같으니 기다리지 말고 먼저 자게."

"일은 잘 되어가고 있는 건가?"

"그럭저럭 괜찮아. 난 스트리트햄에도 갔다 왔는데 그 집 초인종은 누르지 않고 몰래 다녀왔다네. 이 사건은 알아갈수록 정말 재미있군. 지금은 시간이 없으니 서둘러야겠어. 이 형편없는 건달의 모습은 벗어버리고 신사다운 원래의 모습으로 돌아가야 하니까."

홈즈의 말과 태도로 미루어보아 그는 사건을 만족스럽게 이끌어가고 있는 듯했다. 반짝이는 두 눈, 홍조를 띠고 있는 뺨이 그 증거였다. 그는 서둘러 방을 나갔고 잠시 후 아래층에서 현관문이 쾅 하고 닫히는 소리가 들렸다. 홈즈는 다시 한 번 신나는 사냥 길을 떠난 것이다.

사건이 어떻게 전개될지 몹시 궁금했기 때문에 나는

밤 12시까지 홈즈를 기다렸다. 그러나 그는 돌아오지 않았고, 그가 들어오지 않을 수도 있다는 생각에 난 먼저 잠자리에 들었다. 홈즈가 사건을 해결하기 위해 단서를 추적할 때는 며칠 동안 집에 들어오지 않는 날도 많았기 때문에 조금 늦는 정도는 그리 놀랄 만한 일도 아니었다. 그가 몇 시에 들어왔는지는 모르겠지만 아침 식사를 하러 나가보니 홈즈는 이미 식사를 마치고 커피를 마시며 신문을 보고 있었다. 말쑥하고 생기가 넘치는 모습이었다.

"왓슨, 먼저 식사를 해서 미안하네. 자네도 알겠지만 오늘 아침 일찍 손님이 오기로 해서 말이야."

"깜빡 했네. 벌써 9시가 넘어버렸군."

내가 대답했다.

"초인종 소리가 나는 걸 보니 벌써 손님이 도착한 것 같네. 자네는 아침 식사를 조금 미뤄야겠군."

우리를 찾아온 사람은 어제 찾아왔던 은행가 홀더 씨였다. 그러나 하루 사이에 그의 얼굴은 몰라보게 달라져 있었다. 머리카락은 더 하얗게 센 것 같았고, 피로와 실망으로 무척 초췌한 모습이었다. 그는 내가 권한 안락의자에 무너지듯 털썩 주저앉았다.

"홈즈 선생, 내가 이런 일을 당해야 할 만큼 잘못한 게 있는 건지 모르겠소. 이틀 전까지만 해도 나는 행복하고 부유한 사람이었는데. 이제 명예는 땅에 떨어지고 가족에게도 버림받았소. 슬픔은 슬픔을 부르는 것 같소. 메리가 떠나버리다니."

"메리 씨가 떠났다고요?"

"그렇소. 오늘 아침 탁자 위에 내 앞으로 편지가 한 장 있더군요. 메리가 쓴 편지였소. 그 애 방을 보니 침대에도 잔 흔적이 없었소. 어젯밤 서글픈 마음에 '네가 아서와 결혼했다면 모든 일이 잘 풀렸을 텐데.' 라고 하소연했는데 그것 때문인 것 같소. 여기 편지가 있으니 읽어보시오."

사랑하는 아버지

그동안 아버지에게 고통만 드린 것 같아요. 제가 다르게 행동했다면 이렇게 불행한 일은 일어나지 않았을 텐데요. 이런 생각으로 아버지와 한 집에서 살 자신이 없습니다. 이제 아버지 곁을 떠나야 할 것 같아요. 저에 대해서는 아무런 걱정도 하지 마세요. 모든 것이 다 준비되어 있으니까요. 혹시라도 저를 찾으려고 노력하지도 마세요. 찾을 수도 없겠지만 그것은 저를 위한 일이 아니니까요.
그럼 안녕히 계세요.

— 살아서도 죽어서도 늘 아버지를 사랑하는
메리 올림

"홈즈 선생, 이 편지는 대체 무슨 뜻이오? 설마 자살하겠다는 것은 아닐 거라 생각하오만."

"절대 그렇지 않으니 걱정 마십시오. 차라리 이런 방법이 나을지도 모르겠군요. 이제 고통스러운 시간은 모두 끝났습니다."

"뭐라고요? 뭔가 알아낸 거요? 보석은 어디에 있소?"

"보석 하나에 1천 파운드 정도면 괜찮겠습니까?"

"그 10배라도 지불하겠소. 보석은 찾은 거요?"

"3천 파운드면 보석은 찾아올 수 있습니다. 그리고 얼마간의 현상금도 있다고 들었으니 4천 파운드를 주시면 되겠군요. 수표책은 가져오셨나요? 펜은 여기 있습니다."

홀더 씨는 멍한 표정으로 홈즈가 말하는 금액을 써서 그에게 주었다. 홈즈는 수표를 받고 책상 서랍에서 세 개의 보석이 붙어 있는 금판을 꺼내서 탁자 위에 올려

놓았다. 홀더 씨는 너무 기쁜 나머지 소리를 지르면서 보석을 손에 쥐었다.

"오! 찾아왔군요! 정말 다행이오!"

그는 숨을 헐떡이며 말했다.

"살았어! 이제 살았다고!"

그는 슬퍼할 때만큼 격렬하게 기뻐하면서 어쩔 줄 몰라 했다. 그는 되찾은 보석을 가슴에 꼭 끌어안았다.

"홀더 씨, 아직 빚이 하나 남아 있습니다."

홈즈는 엄격한 표정으로 말했다.

"빚이라고? 방금 빚이라고 말했소?"

그는 펜을 들었다.

"그게 얼만지 말만 하시오. 모두 해결하겠소."

"저한테 진 빚이 아니라 아드님에게 진 빚입니다. 홀더 씨 당신은 이번에 아드님에게 큰 빚을 지셨습니다. 아드님은 이번 사건에서 매우 신사답게 행동했습니다. 제 아들이 그렇게 행동했다면 저는 정말 자랑스러웠을 겁니다."

"보석을 훔친 사람이 아서가 아니라는 거요?"

"물론입니다. 어제 말씀드렸던 것처럼 아서 씨는 그런 짓을 하지 않았습니다."

“정말이오? 그럼 어서 아서에게 가서 진실을 알려주도록 합시다.”

“아드님은 모두 알고 있습니다. 저는 사건의 진상을 파악하고 나서 아드님을 만나러 갔습니다. 그러나 아드님은 아무 말도 하지 않더군요. 그래서 제가 먼저 알아낸 것들을 이야기하자 어쩔 수 없이 제 말이 옳다는 것을 인정했고, 제가 미처 알아내지 못했던 한두 가지 사소한 일에 대해서도 알려주었지요. 하지만 메리 양이 떠난 것을 알면 이야기할지도 모르겠군요.”

“이럴 수가! 대체 이 사건은 어떻게 된 거요? 정말 궁금하오.”

“알겠습니다. 제가 밝혀낸 진실을 순서대로 하나하나 말씀드리지요. 우선 제 입으로 말하기도 어렵지만, 홀더 씨가 듣기에도 정말 괴로운 이야기부터 해야겠습니다. 조지 번웰 경과 메리 양은 특별한 관계입니다. 그래서 메리 양이 편지를 남기고 둘이 함께 도망친 거죠.”

“뭐라고요? 우리 메리가 그럴 리가!”

“안타깝지만 사실입니다. 홀더 씨도 아드님도 조지 번웰이라는 자의 정체를 모르는 상태에서 집안 출입을 허락하신 것부터 잘못된 일이었죠. 조지 번웰이라는 자는 영국에서 손꼽히는 질 나쁜 악당입니다. 도산으로 파산한 구제불능으로, 양심이나 인간적인 마음은 전혀 가지고 있지 않습니다. 메리 양은 그런 나쁜 놈들에 대해서 전혀 모르는 숙녀였습니다. 그 악당은 다른 수많은 여성들에게 했던 것처럼 메리 양에게도 달콤한 말을 속삭였고, 순진한 그녀는 그 악당에게 홀딱 넘어가서 그의 사랑을 얻은 여자는 자신뿐이라고 착각했겠지요. 물론 진짜 나쁜 놈은 조지 번웰이라는 그 악당이지만 적어도 메리 양이 그의 끄나풀 노릇을 한 것은 사실입니다. 둘은 거의 매일 저녁에 만났습니다."

"말도 안 되는 일이오. 난 절대 믿을 수 없소!"

홀더 씨는 창백해진 얼굴로 소리쳤다.

"그럼 사건이 일어난 지난밤 일을 말씀드리죠. 메리 양은 홀더 씨가 방으로 들어가자 살그머니 아래층으로 내려가서 마구간 길이 내다보이는 창문을 통해 애인과 만나 이야기를 나누었습니다. 그의 발자국이 눈밭에 선명하게 찍혀 있는 것을 보니 꽤 오래 있었던 것 같았습니다. 메리 양은 그 악당에게 보관 이야기를 했고, 그 소리를 듣고 재물에 눈이 뒤집힌 그자가 메리 양을 꼬드겼습니다. 메리 양은 홀더 씨를 진심으로 사랑했지만,

제 생각으로는 메리 양도 애인에 대한 사랑으로 인해 눈이 멀어 다른 사랑은 돌아보지 못하는 여자들과 같은 유형이었던 것 같습니다. 그런데 홀더 씨가 1층으로 내려오자 당황해서 창문을 급히 닫는 바람에 애인의 지시를 제대로 듣지 못했죠. 그리고 자신의 당혹감을 감추기 위해 홀더 씨에게 애인과 불장난을 하고 있는 한 하녀의 이야기를 했습니다. 물론 그 이야기는 모두 사실이었습니다.

아서 군은 아버지와 이야기를 마치고 자러 갔지만 클럽에서 진 빚 때문에 걱정이 돼서 잠을 자지 못하고 있었습니다. 그런데 방문 앞을 지나는 작은 발소리가 들렸죠. 이상하게 생각해서 밖을 내다보니 메리 양이 아버지 방으로 들어가는 게 보였습니다. 그래서 아서 군은 그녀가 나오기를 기다렸습니다. 그런데 메리 양은 그 보관을 들고 1층으로 내려갔고, 깜짝 놀란 아서 군은 그녀의 뒤를 따라가 보니 메리 양은 창문을 열고 누군가에게 보관을 건넨 뒤 다시 2층 자기 방으로 돌아갔습니다.

아서 군은 메리 양 앞에서는 어떤 행동도 하지 못했습니다. 사랑하는 여인이 도둑질한 사실을 드러낼 수 없었으니까요. 그래서 아서 군은 맨발로 보관을 건넨 사람을 향해 달려갔습니다. 아버지의 모든 것이 달려 있는 보관을 되찾아야 했으니까요. 달빛 속에서 마구간 길을 내려가는 사람을 찾은 아서 군은 그를 덮쳤습니다. 둘 사이에 보관을 두고 격투가 벌어졌지요. 그러다가 아서 군의 주먹이 조지 번웰의 얼굴을 정통으로 때렸고, 곧이어 뭔가 부러지는 소리가 나더니 보관이 아서 군의 손에 들어왔습니다. 아서 군은 다시 집으로 달려와서 보관을 제자리에 돌려놓기 위해 아버지의 옷방으로 들어갔습니다. 보관을 넣기 전에 찌그러진 부분을 원래대로 펴려고 했는데, 그 사이 아버지가 나타난 겁니다.”

“그게 정말이오? 모두 사실인 거요?”

“아서 군은 자신이 한 일을 자랑스럽게 생각하고 있었습니다. 아버지를 난처한 상황에서 구했다고 생각했으니까요. 그런데 홀더 씨는 아서 군에게 욕을 했고, 아서 군은 메리 양을 보호하기 위해서 아무 말도 하지 않았던 겁니다. 그럴 가치가 없는 여성이었지만 기사도를 발휘한 거죠.”

“그래서 메리가 보관을 보자마자 기절을 했던 거군요. 나 같은 바보가 세상에 어디 있겠소! 아서가 잠깐

나갔다 오겠다고 한 것은 그 조각을 찾으려고 했던 거였군. 혹시 어딘가에 떨어질 수도 있었을 테니. 난 그것도 모르고 아서를 도둑으로 몰아버렸소. 내가 이렇게 나쁜 아버지였다니!”

“어제 홀더 씨의 집에 도착했을 때, 저는 주변의 발자국을 꼼꼼하게 살펴보았습니다. 전날 저녁에 눈이 내린 뒤 얼어붙어서 흔적이 그대로 남았기 때문에 아주 다행이었죠. 장사꾼들이 다니는 길은 발자국이 너무 많아서 구별할 수가 없었습니다. 그런데 길에서 좀 떨어진 부엌문 근처에 한 여자가 어떤 남자와 이야기한 흔적을 찾았습니다. 남자의 다리 한쪽이 둥근 것을 보니 나무 다리를 한 게 분명했죠. 둘은 이야기를 나누다가 방해를 받은 게 분명했습니다. 여자의 발자국은 발끝이 들어가지 않고 발꿈치가 들려 있었는데, 이것은 재빨리 문 쪽으로 달려간 흔적이었죠. 나무다리의 남자는 잠시 기다리다가 돌아간 것 같았습니다. 이 두 명의 남녀가 메리 양이 말했다는 하녀와 그의 애인으로 밝혀졌지요.

다음으로 저는 정원을 한 바퀴 돌아보았지만 경찰의 것이 분명한 어지러운 발자국 외에는 특별한 증거가 없었습니다. 하지만 마구간 길로 들어서자 눈 속에 아주 복잡한 이야기가 남아 있었습니다. 길에는 구두 발자국과 맨발이 오간 흔적이 있었습니다. 저는 맨발의 발자국을 발견하고 내심 반가웠지요. 홀더 씨에게 들은 이야기가 있어 맨발은 아서 군의 발자국일 거라고 짐작했습니다. 구두 발자국은 올 때나 갈 때 모두 걸어갔지만 맨발은 힘껏 달려갔습니다. 그리고 맨발이 구두 발자국을 밟은 것으로 보아 맨발이 구두 발자국을 쫓아간 것이 분명했습니다.

두 개의 발자국은 모두 홀의 창문 앞으로 이어져 있었는데 창문 앞은 온통 구두 발자국으로 가득 했습니다. 이는 그곳에서 한참 있었다는 것이지요. 그래서 저는 그곳에서 다시 발자국을 따라 길을 내려가다가 약 100미터 정도 되는 지점에서 구두 발자국이 맨발 자국과 격투를 벌인 흔적을 찾았습니다. 피도 몇 방울 떨어져 있었고요. 구두 발자국은 도로를 향해 계속 이어졌는데 핏자국도 이어진 걸 보니 구두 발자국 주인이 다쳤다는 걸 알 수 있었지요. 도로부터는 눈이 모두 치워져 있어서 더 이상 알 수가 없었습니다.

하지만 저는 다시 집으로 돌아와 홀의 창문과 창틀을 돋보기로 살펴보았죠. 발자국을 보니 맨발의 사람이 집

안으로 들어온 것을 알 수 있었고, 그때서야 사건이 제대로 이해되기 시작했습니다. 한 남자는 창 밖에서 기다리고 있었고, 누군가 보관을 갖다 주었습니다. 그 장면을 목격한 아서 군은 그 남자를 따라가 격투를 벌였고, 그 과정에서 금판이 떨어져 나갔습니다. 다행히 아서 군은 보관을 가지고 왔지만, 한 조각은 도둑의 손으로 넘어갔죠. 그럼 대체 누가 보관을 갖다 주었고, 누가 조각을 가져간 걸까요?

저는 사건을 해결할 때 불가능한 것을 없애고 남는 것으로 진실을 찾습니다. 가끔은 믿어지지 않을 때도 있지만요. 보관을 넘긴 사람을 찾는 것은 어렵지 않았습니다. 하녀가 범인이라면 아서 군이 죄를 뒤집어쓸 리가 없으니까요. 게다가 아서 군이 메리 양을 사랑했다는 사실을 알고 있으니 범인은 쉽게 밝혀졌죠. 그러나 그 비밀이 너무나 치욕스럽기 때문에 더욱 지켜야 했습니다. 메리 양이 저녁에 창가에 있었고, 보관을 보고 기절한 것은 제 가설을 확신하게 했습니다.

그렇다면 공범을 찾는 일이 남았죠. 메리 양이 홀더 씨의 은혜를 잊을 수 있도록 한 사람은 애인임에 틀림없었습니다. 그런데 메리 양은 외출을 별로 하지 않았고, 집에 찾아오는 사람도 매우 적었습니다. 그 중에 매력적인 미남자 조지 번웰 경이 있었지요. 여자들 사이에서 꽤나 악명을 떨치고 있는 사람이기도 하고요. 구두 발자국의 주인은 조지 번웰 경임에 틀림없고, 그는 메리 양 때문에 아서 군이 사실을 밝히지 않을 거라고 믿었을 겁니다.

그 다음은 예상하시는 그대로입니다. 저는 건달 차림을 하고 조지 번웰의 집을 찾아가 하인과 우정을 나누었죠. 그리고 주인이 어젯밤에 다쳐서 돌아왔다는 것을 들었고, 주인의 헌 신발 한 짝을 6실링에 샀습니다. 그 신발을 들고 스트리트햄에 나 있는 발자국과 대보니 정확히 일치하더군요.”

“어제 저녁 더러운 부랑자 한 명이 마구간 길을 돌아다니는 것을 보았는데 그 사람이 당신이었던 거군요.”

“그렇습니다, 바로 저였죠. 범인이 누구인지 알아낸 다음 저는 옷을 갈아입고 다시 조지 번웰의 집을 찾았습니다. 스캔들을 막으려면 범인을 경찰에 신고할 수는 없었으니까요. 그 악당은 이런 사실도 모두 알고 있었죠. 그는 처음에는 모두 부인했는데, 제가 알아낸 것들을 이야기하자 호신용 지팡이로 저를 공격하려고 했습니다. 저는 그자를 이미 상세하게 파악하고 있었기 때문에 미리 준비한 권총을 들이댔죠. 저는 그에게 문제의 보석 한 개당 1천 파운드에 사겠다고 했습니다. 그러나 그는 이미 보석 3개를 600파운드에 팔았다면서 몹시 후회하더군요. 저는 그를 설득해서 보석을 산 사람 주소를 받아냈습니다. 그리고 오랜 흥정 끝에 보석을 개당 1천 파운드에 살 수 있었죠. 그런 다음 아서 군을 찾아가 모든 이야기를 해주었습니다. 이 일이 모두 끝난 것이 새벽 2시였죠.”

“홈즈 선생, 당신이 고생한 덕분에 엄청난 스캔들을 막을 수 있었소. 정말 감사하오. 당신의 능력은 소문 이상으로 대단한 것 같소. 당신이 말한 대로 바로 아서에게 가서 사과하겠소. 메리에 대해서는 더 이상 알려고 하지 않아야 할 거 같소. 그 애 말대로 어디 있는지 알아내도 소용없을 것 같으니.”

“하나는 확실하죠. 조지 번웰이 있는 곳에 메리 양이 있다는 것 말입니다. 그리고 메리 양은 언젠가 자신이 한 일에 대해 뼈저린 죗값을 치르게 될 겁니다.”

프라이어리 스쿨

The adventure of the priory school

　나는 홈즈와 함께 여러 사건을 맡으면서 우리의 작은 무대 위에 여러 사람이 등장하고 퇴장하는 모습을 수없이 보아왔다. 그 중 문학박사이자 철학박사인 소니크로프트 헉스터블 박사의 등장처럼 갑작스러웠던 때는 다시 없었다. 어느 날, 학문적 명성을 나타내기에는 한없이 초라해 보이는 명함을 받은 지 몇 초 지나지 않아 헉스터블 박사가 우리의 방으로 들어왔다. 뚱뚱하지만 위엄 있고 당당한 모습은 그가 신뢰할 수 있는 사람이라는 인상을 주기에 충분했다. 하지만 박사는 방에 들어오자마자 문을 닫고 휘청거리더니 테이블에 손을 짚고 바닥으로 쓰러져버렸다.

　우리는 너무 놀라서 박사의 육중한 몸집을 보며 잠시 멍해 있었다. 마치 바다를 항해하다가 예상하지 못한 큰 폭풍에 난파당한 배처럼 보였다. 홈즈는 방석을 머리 밑에 받쳐주었고, 나는 브랜디를 박사의 입에 흘려 넣어주었다. 하얗고 넓적한 얼굴은 마음고생을 한 흔적이 역력해 보였는데, 검은 눈 밑에는 어두운 그늘이 드리워져 있었고 약간 벌어진 입은 고통으로 일그러져 있었다. 살이 두툼하게 찐 턱은 며칠 동안 면도를 하지 않았는지 수염이 까칠하게 자라 있었다. 목둘레가 더러워진 셔츠를 보니 오랫동안 여행을 한 것 같았고, 빗질을 하지 않은 머리카락은 부스스하게 일어서 있었다. 이러한 정황으로 볼 때 박사가 받은 정신적인 충격이 얼마나 큰 지 짐작할 수 있었다.

"왓슨, 박사가 왜 쓰러진 건가?"

홈즈가 물었다.

"탈진일세, 몸이 몹시 피곤하고 정신적으로도 지쳐 있기 때문인 것 같아. 단순한 피로누적이나 굶주림일 수도 있지."

가늘고 약하게 뛰고 있는 박사의 맥을 짚어보면서 내가 말했다.

"북잉글랜드 맥클턴 지역에서 출발한 것 같군. 여기 왕복 기차표가 있어."

홈즈가 박사의 회중시계 주머니에서 기차표를 꺼내며 말했다.

"아직 12시도 안 됐는데 도착한 걸 보니 새벽에 출발한 모양이군."

갑자기 박사의 눈꺼풀이 떨리기 시작하더니 힘겹게 눈을 뜨고 우리를 바라보았다. 그러다가 두 손을 바닥에 짚고 겨우 몸을 일으킨 그의 얼굴은 부끄러움으로 빨갛게 변해 있었다.

"초면에 이런 실례를 저지르다니 정말 죄송합니다. 괜찮다면 우유와 비스킷을 좀 주시겠습니까? 그러면 금방 괜찮아집니다. 이렇게 갑자기 찾아온 이유는 부탁이 있어서입니다. 전보로는 이번 일의 심각성을 알릴 수가 없어서 이렇게 일부러 찾아왔습니다."

"일단 정신을 차리고 말씀하시지요."

"이제 괜찮습니다. 제 몸이 이렇게 약해지다니……. 홈즈 선생, 저와 다음 기차로 맥클턴에 가주실 수 있을까요? 부탁입니다."

홈즈는 고개를 저으면서 말했다.

"제 친구 왓슨 박사한테 물어보시면 우리가 얼마나 바쁜지 알 수 있을 겁니다. 저는 지금 페레스 서류 사건을 조사 중에 있고, 애버게베니 살인 사건 공판 날짜도 얼마 남지 않았어요. 그러니 웬만큼 중요한 사건이 아니면 지금 당장은 런던을 떠날 수가 없습니다. 이해해 주십시오.”

“웬만큼 중요한 사건이라고 했나요?”

박사는 두 손을 들어올리며 홈즈에게 다시 물었다.

“지금 이 사건이 제일 중요합니다. 홀더네스 공작 아들이 유괴당한 사건이니까요. 아직 이 사건을 모르시는 건가요?”

“네? 전 수상 홀더네스 공작을 말하는 건가요?”

“그렇습니다. 우리는 이 사건이 외부에 알려지지 않게 조심했지만 어젯밤에 <글로브> 신문에 기사가 실렸더군요. 그래서 홈즈 선생도 이미 알고 계시리라 생각했습니다.”

홈즈는 긴 팔을 뻗어 인명사전을 한 권 꺼내 홀더네스 수상을 찾았다.

“‘홀더네스 제6대 공작. 베벌리 후작. 카스턴 백작. 1900년부터 헬럼셔 주지사. 중요인물. 추밀원 고문관 및 가터 훈장(영국 최고훈장) 수여. 1872년 해군 장관 및 수상을 지냄. 1888년 애플도어 경의 딸 이디스와 결혼.

외아들 샐타이어 경. 25만 에이커의 토지 소유. 랭커셔
와 웨일스 지방에 광산 소유. 주소 : 칼턴 하우스 테라
스, 헬럼셔의 홀더네스 홀, 웨일스, 뱅거의 칼스턴 성.
1872년 해군성 장관 역임. 국무상을 지낸 건……’ 작
위도 많고 엄청난 직책들을 지낸 사람이군요. 이 정도
면 왕족 중의 왕족이라고 해도 지나치지 않겠어요.”

“게다가 영국에서 가장 많은 재산을 소유한 분이라고
도 할 수 있죠. 저는 홈즈 선생이 영국에서 가장 뛰어난
탐정이라는 것을 알고 있습니다. 흥미가 있는 사건이라
면 기꺼이 일을 맡는다는 사실도 잘 알고 있고요. 그리
고 한 가지 더 말씀드리자면, 홀더네스 공작은 아들의
소재를 밝히는 사람에게 보상금 5천 파운드, 범인을 찾
으면 1천 파운드를 주겠다고 약속하셨습니다.”

“오, 정말 후하시군요. 아무래도 헉스터블 박사와 함
께 북잉글랜드로 가야겠군요. 박사님, 우유를 다 드셨
으면 사건에 대해 설명해 주시겠습니까? 최대한 자세하
게요. 명함을 보니 박사님은 맥클턴 근처의 프라이어리
스쿨의 교장 선생님이시군요. 유괴 사건과 어떤 관계가
있는지도 설명해 주시면 고맙겠습니다. 사건이 일어난
지 3일이 지나서야 오신 이유도 말씀해 주시지요. 턱수

염을 보니 3일 정도 면도를 못 하셨군요. 이번 사건에 대해 제가 도움을 드릴 수 있으면 좋겠습니다."

우유와 비스킷을 먹자 박사의 얼굴에는 생기가 돌았다. 박사는 상황을 침착하게 설명하기 시작했다.

"제가 교장으로 있는 프라이어리 스쿨은 제가 설립한 사립 초등학교입니다. 《헉스터블의 호라티우스 해설》의 저자라고 하면 아실지도 모르겠군요. 프라이어리 스쿨은 단언컨대 잉글랜드에서 가장 뛰어난 최우수 사립 초등학교입니다. 영국에서 이름 있는 귀족들의 자제는 모두 이곳에서 공부하고 있지요. 그런데 3주 전에 홀더네스 공작이 비서를 통해 10살 난 외아들 샐타이어를 저희 학교에 보내겠다고 요청하셨습니다. 전 학교의 명성이 최고조에 달했다고 생각했죠. 그러나 이 일은 제 인생에서 가장 힘든 시련을 주고 말았습니다. 그때는 상상도 못한 일이었지만요.

샐타이어는 여름 학기가 시작되는 5월 1일에 학교에 왔습니다. 호감을 주는 인상의 소년이었는데, 학교생활에 매우 빠르게 적응했습니다. 이건 말해서는 안 되는 부분입니다만 홈즈 선생 앞이니까 솔직히 말하겠습니다. 샐타이어는 평탄한 가정생활을 한 아이는 아니었습니다. 공작과 공작 부인의 결혼생활이 행복하지 않다는 것은 모두 알고 있는 사실이기도 하고요. 그때는 부부 간의 불화가 극에 달해 합의하에 별거를 결정하고 공작 부인은 남프랑스로 떠났습니다. 샐타이어는 어머니를 매우 좋아했기 때문에 어머니가 남프랑스로 떠나자 매우 우울해했습니다. 그래서 공작이 아들을 위해 우리 학교로 보낸 거죠. 입학한 지 2주 정도 지나자 그는 활기를 되찾은 듯 매우 행복해 보였습니다.

샐타이어를 마지막으로 본 것은 5월 13일, 지난 월요일입니다. 그의 방은 2층에 있는데, 다른 방을 통해서만 들어갈 수 있습니다. 그 방에는 다른 두 명의 학생들이 있고요. 그 학생들은 아무 소리도 듣지 못했다고 했습니다. 그러니 샐타이어는 방을 통해서 나갔다고는 볼 수 없습니다. 방의 창문도 열려 있었는데, 땅에 발자국은 없었지만 아마 담쟁이 넝쿨을 타고 방을 빠져나간 것으로 보였습니다. 방에 누군가 들어온 흔적도 전혀 없었으니까요. 고함 소리나 싸우는 소리도 전혀 듣지 못했다고 옆방 학생인 컨터 군이 말했습니다. 컨터 군은 예민해서 아주 작은 소리에도 잠을 깨는 학생이거든요.

샐타이어가 사라진 것을 화요일 아침 7시에 알게 되

있습니다. 침대를 보니 이불이 흐트러져 있었던 것으로 보아 잠자리에는 들었던 것 같습니다. 나가기 전에 옷을 다 갖추어 입은 듯, 검은색 재킷과 회색 바지가 없더군요. 그가 사라진 것을 알게 되었을 때, 저는 전교 학생은 물론 교사와 하인들까지 모두 소집했습니다. 그런데 사라진 사람이 샐타이어 말고 한 명 더 있더군요. 바로 독일어 교사인 하이데거 선생이었습니다. 하이데거 선생의 방은 2층 복도 끝에 있는데, 샐타이어의 방과 같은 줄에 있습니다. 하이데거 선생 역시 자다가 급하게 나간 흔적이 남아 있었습니다. 셔츠와 양말이 바닥에 있었으니까요. 하이데거 선생 역시 담쟁이 넝쿨을 타고 내려간 것 같았어요. 잔디밭에 발자국이 나 있었고 잔디밭 옆에 보관해 두던 선생의 자전거도 사라지고 없었습니다.

하이데거 선생은 2년 전부터 우리 학교에서 일했습니다. 추천서가 아주 훌륭한 선생이었는데, 말이 없는 침울한 성격이었기 때문에 인기 있는 사람은 아니었습니다. 오늘이 벌써 목요일인데 샐타이어와 하이데거 선생의 흔적은 전혀 찾지 못했습니다. 물론 홀더네스 공작에게도 바로 연락했습니다. 집이 학교에서 2~3마일 정도밖에 안 되기 때문에 갑자기 아버지를 찾아갈 수도 있다고 생각했으니까요. 하지만 집에 가지는 않았더군요. 공작 역시 매우 불안해하고 있습니다. 저 역시 마찬가지고요. 홈즈 선생, 최선을 다해 사건을 해결해 주시기 바랍니다. 이보다 더 중대한 사건은 없을 겁니다."

홈즈는 불행한 교장 선생의 이야기를 열심히 듣고 있었다. 홈즈의 찌푸린 얼굴과 이마의 주름을 보니 굳이 부탁하지 않아도 실종 사건에 강한 흥미를 가진 것이 분명했다. 보상금의 액수도 컸지만, 이렇게 특이한 사건은 홈즈의 구미에 딱 맞았다. 홈즈는 수첩을 꺼내어 몇 가지를 간단하게 정리했다.

"왜 더 빨리 오지 않으셨죠? 너무 늦게 오셔서 시작부터 차질이 있겠군요. 제가 지금 가서 학교 주변을 조사한다 해도 증거들은 이미 사라졌을 겁니다. 전문 탐정이 수사해도 특별한 증거를 발견하지 못할 겁니다."

홈즈가 교장 선생을 탓하듯이 말했다.

"제 잘못이 아닙니다. 공작이 이 일이 알려지는 것을 원치 않으셨거든요. 불미스러운 일이 세상에 알려지는 것을 용납하지 못하는 성격이라서 어쩔 수 없었습니다."

"그래도 경찰이 기본 수사는 했겠죠?"

“물론입니다. 그러나 결과는 매우 실망스러웠어요. 근처 기차역에서 아침 일찍 한 남자와 소년이 기차를 타고 갔다는 증언이 있기는 했습니다. 어젯밤 그 일행을 리버풀에서 찾았는데 엉뚱한 사람이었다고 하더군요. 어젯밤 한숨도 못 자고 뜬눈으로 지새우며 고민한 뒤, 이렇게 제가 직접 홈즈 선생을 찾아온 겁니다.”

“잘못된 단서라서 경찰이 더 이상의 수사를 포기한 건가요?”

“네, 완전히 중단해 버렸습니다.”

“저런, 그래서 사흘이나 지나버렸군요. 사건을 이렇게 만들어버리다니 매우 안타깝습니다.”

“저도 대단히 유감스럽게 생각하고 있습니다.”

“하지만 아직 가능성은 있습니다. 조사하면 곧 알 수 있을 거예요. 기꺼이 하도록 하죠. 참, 샐타이어와 하이데거 선생은 서로 친한 사이입니까?”

“아닙니다. 전혀 모르는 사이로 알고 있습니다.”

“샐타이어가 하이데거 선생의 수업을 들은 적은 없었나요?”

“네, 없습니다. 제가 알기로는 서로 이야기를 나눈 적도 없습니다.”

“참으로 이상하군요. 혹시 샐타이어도 자전거가 있었나요?”

“아뇨, 없습니다.”

“다른 사람의 자전거는 사라지지 않았나요?”

“네, 없습니다. 확실합니다.”

“그럼 샐타이어와 하이데거 선생이 함께 자전거를 타고 사라질 가능성은 없다고 봐도 되겠군요.”

“물론입니다.”

“박사님은 이 사건에 대해 어떻게 생각하시나요?”

“자전거는 눈속임용입니다. 아마 안 보이는 곳에 숨겨두고 걸어서 도망갔을 겁니다.”

“가능한 이야기예요. 하지만 남을 속이려는 장치로 보기에는 뭔가 허술한 데가 있군요. 그렇게 생각되지 않나요? 창고에 다른 자전거도 있었습니까?”

“네, 몇 대 있습니다. 하지만 다른 자전거는 그대로였습니다.”

“역시 눈속임이라고 하기에는 어설퍼요. 눈속임을 하고 싶었다면 두 대를 숨기는 게 더 그럴듯하지 않겠습니까? 둘이 자전거를 타고 사라졌다고 생각할 테니까요.”

“오, 그렇군요.”

“당연합니다. 그러니 눈속임이라는 박사님의 추측은
틀린 거죠. 하지만 자전거가 사라졌다는 것은 수사에는
도움이 되겠군요. 자전거는 숨기기 어려우니까요. 샐타
이어가 사라지기 전에 만난 사람은 없나요?”

“없습니다.”

“편지는요?”

“한 통 받았습니다.”

“누가 보낸 거죠?”

“공작이 보낸 편지였습니다.”

“그걸 어떻게 알았죠?”

“편지 봉투에 홀더네스 가문의 문장이 있었으니까요.
주소를 쓴 글씨도 공작의 서체가 분명했습니다. 그리고
공작이 편지를 보냈다고 제게 직접 말씀하셨고요.”

“그 전에도 편지를 보낸 적이 있습니까?”

“며칠 전에 있었습니다.”

“프랑스에서 편지가 온 적은요?”

“한 번도 없었습니다.”

“제가 이런 질문을 하는 이유는 아실 거라고 생각합
니다. 샐타이어가 학교를 빠져나간 것이 자의인지 타의
인지 알아야 하니까요. 스스로 도망간 거라면 외부에서

누군가 소년을 꾀었을 수도 있고, 찾아온 사람이 없다면 꾐을 당한 것일 수도 있죠. 그래서 누구를 만났는지 물어본 것입니다."

"도움을 드리지 못해 죄송하군요. 제가 아는 한 홀더네스 공작 외에 소년과 접촉한 사람은 없었습니다."

"공작과 샐타이어 사이는 좋았나요?"

"사실 공작은 사교적인 사람이라고는 하기 어렵습니다. 국가 문제에 파묻혀 있는 분이기 때문에 아들에 대한 정이 돈독하다고 말씀은 못 드리겠군요. 하지만 나름대로는 아들을 아끼는 편이었습니다."

"샐타이어가 어머니와의 사이는 매우 좋았다고 말씀하셨죠?"

"네, 그렇습니다."

"샐타이어가 그렇게 말했나요?"

"아뇨. 공작의 비서 제임스 와일더 씨와 이야기를 좀 나누었는데, 그가 그렇게 말했습니다. 샐타이어에 대한 이야기를 이것저것 해주었거든요."

"좋습니다. 공작이 보낸 마지막 편지는 샐타이어 방에 있나요?"

"없었습니다. 아마 샐타이어가 가지고 간 것 같아요.

홈즈 선생, 이제 그만 출발해야 할 것 같습니다.”

“사륜마차를 부르는 게 좋겠군요. 15분 후면 출발하게 될 겁니다. 헉스터블 박사님, 학교로 전보를 치실 거면 그곳 사람들에게 수사가 잘못된 단서를 쫓아 아직도 리버풀이나 다른 어딘가에서 진행되고 있는 것처럼 전하시는 게 좋을 듯합니다. 그러면 제가 그동안에 현장에서 조용히 수사를 진행할 수 있을 것 같군요. 제대로 된 증거를 찾을 수 있을지 모르겠지만, 왓슨과 제가 사냥개처럼 이곳저곳을 파다 보면 뭔가 손에 잡힐 수도 있을 겁니다.”

그날 저녁, 우리는 헉스터블 박사의 학교에 도착했다. 이곳은 런던과 달리 공기가 매우 맑고 상쾌했다. 복도 테이블에 명함을 두고 기다리고 있었는데, 하인이 집사에게 무언가 귓속말을 하자 집사가 깜짝 놀라며 우리 쪽으로 다가왔다.

“공작님이 여기 와 계십니다. 와일더 비서와 함께 서재에 계시니 뵙도록 하시죠. 저를 따라와 주십시오.”

나는 신문을 통해 유명한 정치가의 얼굴을 잘 알고 있었지만 사진과는 매우 다른 모습이었다. 그는 키가 크고 위엄 있는 모습에 옷차림도 빈틈없이 제대로 격식을 차렸다. 얼굴은 긴 편이었고 우뚝 솟아 있는 매부리코가 강한 인상을 주었다. 창백한 얼굴이 흰색 양복 위로 길게 자란 붉은 수염과 매우 대조적이었다. 공작은 위엄을 갖춘 표정으로 우리를 보았지만 그 얼굴 한편에는 어두운 기색이 가득했다. 홀더네스 공작 옆에는 매우 똑똑해 보이는 젊은 남자가 있었는데 와일더 비서인 듯했다. 몸집은 작은 편이었으며 민첩하고 거친 성격으로 보였다. 인사 후 이어진 긴 침묵을 깬 것은 비서의 날카로운 목소리였다.

"헉스터블 박사님, 오늘 아침 박사님을 뵙기 위해 학교로 왔는데 이미 런던으로 출발하셨더군요. 공작님과 상의 한 마디 없이 홈즈 선생에게 사건을 의뢰하다니 당황스럽습니다."

"경찰도 이번 사건에서 손을 뗐기 때문에 방법이 없어서요."

"공작님은 수사가 끝났다고 생각하지 않으십니다."

"하지만 경찰은 분명히……."

"헉스터블 박사님, 잘 아시겠지만 공작님은 이 사건이 세상에 알려지길 원하지 않으세요. 그래서 이번 수사에 가능한 한 적은 인원이 해결하길 바라십니다."

"그렇다면 그만두겠습니다."

박사가 얼굴을 찌푸리며 와일더 비서에게 대꾸했다.

"홈즈 선생이야 내일 아침 런던으로 돌아가시면 그만이니까요."

"박사님, 죄송하지만 저는 런던으로 돌아갈 계획이 없습니다."

홈즈가 상냥하게 박사의 말에 반박했다.

"이곳은 공기도 좋으니 며칠 휴식을 취하고 싶군요. 어디에 머물지는 박사님이 정해 주시기 바랍니다."

헉스터블 박사는 당황해서 어쩔 줄 몰라 했다. 그러자 붉은 수염을 기른 공작이 입을 열었다. 저녁 식사를 알리는 종이 울리는 것처럼 굵고 낭랑하면서도 깊게 울려 퍼지는 목소리였다.

"헉스터블 박사, 비서의 말대로 나와 먼저 상의를 하는 편이 현명했을 거라고 생각하오. 하지만 이미 홈즈 선생이 사실을 다 알게 된 이상 선생의 도움을 거절하는 것도 예의는 아닌 듯하오. 홈즈 선생, 내 생각에는 여관보다는 홀더네스 홀에서 머무는 것이 좋을 것 같소만 괜찮으시겠소?"

"감사합니다, 공작님. 하지만 사건을 수사하려면 현

장에서 가장 가까운 곳이 좋습니다."

"편한 대로 하시오. 필요한 게 있으면 망설이지 말고 와일더 비서나 나에게 직접 말하도록 하시오."

"궁금한 게 한 가지 있으니 여기서 직접 여쭤보겠습니다. 공작님은 아드님의 실종에 대해서 짐작될 만한 점이 한 가지라도 있으신가요?"

"미안하지만 전혀 없소."

"불편한 질문을 드려서 죄송하지만, 혹시 부인께서 이 사건과 관련이 있을 거라고는 생각하지 않으시나요?"

"그렇게는 생각하지 않소."

홀더네스 공작은 머뭇거리더니 난처한 표정을 지으며 대답했다.

"몸값을 노리는 유괴범의 짓일 수도 있습니다. 혹시 몸값을 요구하는 편지를 받으셨나요?"

"그런 적은 없소."

"하나만 더 여쭙겠습니다. 사건이 발생하던 날 아드님에게 편지를 보냈다고 들었습니다."

"정확히 말하자면 편지는 그 전날 쓴 것이오."

"알겠습니다. 하지만 아드님께서 그 편지를 받은 것은 사건 발생 당일이었지요?"

“그렇소.”

“혹시 그 편지에 아드님의 마음이 상하거나 충격을 받을 만한 내용이 있었나요?”

“아니오. 그런 내용은 전혀 없었소.”

“편지를 직접 부치셨나요?”

“공작님은 편지를 직접 부치시지 않으십니다. 서재 책상에 올려놓으면 제가 편지를 부칩니다.”

공작이 대답하기 전에 와일더 비서가 갑자기 끼어들었다.

“그 편지를 부친 게 확실합니까?”

“물론입니다. 제가 직접 부쳤으니까요.”

“그날 공작님이 쓰신 편지가 몇 통 정도였나요?”

“20~30통 정도 될 겁니다. 아주 양이 많았으니까요. 그런데 홈즈 선생, 사건과 편지는 상관이 없을 것 같은데요.”

“전혀 없다고 할 수는 없습니다.”

홈즈가 단호하게 대답했다.

“홈즈 선생, 사실 경찰에게 프랑스 남부 지방을 조사해 보라고 말해 두었소. 아내를 의심하는 것은 아니지만 아들 녀석이 선생을 부추겨 프랑스로 갈 수도 있을 테니까. 헉스터블 박사, 난 이만 돌아가겠소.”

　홈즈는 몇 가지 더 물어보고 싶은 것이 분명했지만, 공작의 태도 때문에 포기했다는 것을 알 수 있었다. 귀족적인 성격 때문인지 공작은 가족사를 설명하는 것이 매우 불쾌한 듯했다. 홈즈가 캐물을수록 자신의 어두운 가정사가 드러날까 두려워하는 것처럼 보이기도 했다.

　공작과 비서가 학교를 떠나자 홈즈는 곧바로 수사를 시작했다. 샐타이어가 쓰던 방을 샅샅이 조사했지만 밖으로 나가는 유일한 통로가 창문이라는, 이미 알려진 사실 외에 특별한 것은 더 발견할 수 없었다. 하이데거 선생의 방도 조사했지만 역시 밝혀낸 것은 없었다. 하이데거 선생은 담쟁이 넝쿨을 타고 내려갔는지 짧은 풀이 자란 잔디밭에 움푹 패여 있는 발자국만이 남아 있었다. 소년과 선생의 야반도주를 말해 주는 증거는 더 이상 없었다.

　집을 나선 홈즈는 밤 11시가 넘어서야 돌아왔다. 그는 이 일대를 그린 커다란 측량 지도를 한 장 들고 방으로 들어왔는데, 침대 위에 지도를 펼쳐놓고 중앙에 램프를 비추면서 담배를 피우기 시작했다. 가끔 흥미 있는 부분을 발견하면 파이프로 그곳을 가리키기도 했다.

“왓슨, 이번 사건은 정말 흥미롭다네. 일단 아주 중요한 부분이 몇 개 있지. 이 지도를 잘 보면 수사에 도움이 될 거야. 여기 까만 사각형이 보이지? 이곳이 프라이어리 스쿨이야. 여기에 핀을 꽂아두자고. 그리고 이 선이 큰길이야. 학교에서 동서로 뻗어 있고 동쪽과 서쪽 모두 1마일 이내에는 샛길이 없어. 만약 두 사람이 길을 지나갔다면 여기밖에 없지.”

“오, 그렇군.”

“다행히 난 이 길에 대해서 조사를 모두 끝냈다네. 동쪽으로 난 첫 번째 갈림길에서 밤 12시부터 새벽 6시까지 경관이 보초를 서고 있다고 하더군. 소년이 사라지던 날, 그는 한시도 자리를 뜬 적이 없고 소년이나 선생으로 보이는 남자가 지나간 모습은 본 적이 없다고 했네. 아주 믿을 만한 사람으로 보였으니 확실할 거야. 그러니 둘은 동쪽으로는 가지 않았다고 할 수 있지.

그렇다면 서쪽 길이 남아 있어. 서쪽에는 ‘붉은 황소’라고 하는 여관이 하나 있는데, 우연히도 그날 밤 여관 안주인이 아파서 맥클턴으로 의사를 부르기 위해 갔다고 해. 그런데 의사가 다른 곳에 왕진을 가서 새벽까지 자리를 비워서 여관 사람들이 밤새도록 의사가 오는지

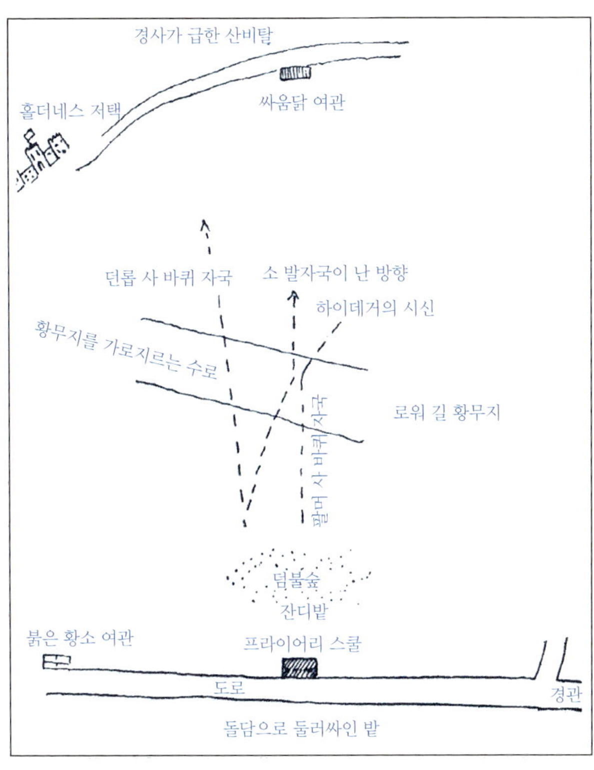

홈즈가 그린 학교 주변 지도

길에서 기다렸다고 하더군. 만약 소년과 선생이 이 길을 지나갔다면 여관 사람들이 보았을 테니 역시 이쪽 길도 이용하지 않은 것이지. 그렇다면 샐타이어와 선생은 큰길을 이용해서 간 것이 아니라는 결론에 이르지.”

“하지만 자전거가 있지 않은가?”

“그렇지. 그럼 추리를 계속 해보세나. 두 사람이 큰길로 가지 않았다면 북쪽이나 남쪽으로 갔을 거야. 이건 확실하지. 우선 학교 남쪽을 살펴보자고. 남쪽은 논밭이어서 바둑판처럼 땅이 나뉘어져 있고 돌담으로 막혀 있지. 그러니 자전거의 통행이 불가능하다는 건 더 말할 필요가 없으니 이쪽으로 갈 가능성 역시 포기해야겠지. 그럼 이제 학교 북쪽을 살펴보자고. 여기는 나무가 수북하게 자란 ‘덤불숲’이고 그 너머는 ‘로워 길 황무지’라는 울퉁불퉁한 넓은 황야일세. 길이는 15마일 정도 되는데 전체적으로 완만한 경사를 이루면서 점점 지대가 높아지네. 황무지가 끝나는 곳에 홀더네스 저택이 있는데, 도로를 이용하면 10마일이지만 황무지를 가로지르면 6마일 정도야. 이곳은 유난히 황량한 평원인데 사람들이 잘 다니지 않기 때문에 농가 몇을 제외하면 황무지에는 물떼새와 마도요 등의 날짐승이 전부라고 할 수 있지. 그리고는 체스터필드 도로에 이를 때까지 아무것도 없어. 보다시피 이쪽엔 교회 하나, 오두막 몇 채, 여관 하나가 있지. 그리고 언덕을 넘으면 경사가 급한 산비탈이 나온다네. 즉, 우리는 학교 북쪽을 조사해야 한다는 결론이 나오는 것이지.”

“하지만 자전거는 어떻게 하고?”

“그래, 그렇지. 자전거가 있지. 자전거를 잘 타는 사람이라면 황무지 정도는 상관없네. 오솔길도 나 있고. 게다가 보름달이 떴으니 밤이어도 훤했을 거야. 잠깐, 이게 무슨 소리지?”

누군가가 갑자기 방문을 힘차게 두드리더니 이내 방문이 열리고 헉스터블 박사가 방으로 들어왔다. 박사는 손에 파란 크리켓용 모자를 들고 있었다. 모자 위에는 하얀 갈매기 장식이 있었다.

“홈즈 선생, 마침내 단서를 찾았습니다. 이 모자는 샐타이어가 쓰던 모자예요.”

“어디서 발견한 건가요?”

“황무지에서 야영하던 집시들 마차에서 발견했죠. 집시들은 화요일에 출발했는데 경찰이 뒤를 추적해서 오늘 발견한 겁니다.”

"집시들은 모자에 대해서 뭐라고 하던가요?"

"거짓말을 하더군요. 화요일 아침에 황무지에서 발견해 주운 거라고요. 분명히 집시들이 소년을 납치했을 겁니다. 정말 다행이지요. 경찰들이 조사하고 있으니까 곧 모든 것을 털어놓을 겁니다. 후한 사례금도 있으니까요."

박사가 말을 마치고 방을 나가자 홈즈가 말했다.

"괜찮은 소식이군. 로워 길 황무지에서 모자가 발견되었다는 건 그곳을 둘러보면 뭔가 있을 가능성이 있다는 말이니까. 집시들 체포를 제외하면 지방 경찰은 아무것도 얻지 못했군. 왓슨, 여기 황무지를 가로지르는 수로가 보이나? 황무지 일부에서는 수로가 확대되면서 늪지대가 된 지역이 있어. 홀더네스 저택과 학교 사이에 이런 늪지대가 곳곳에 있더군. 날씨가 건조해서 다른 곳에서는 흔적을 찾기 어렵겠지만, 늪지대라면 가능성이 있어. 내일 아침에 일찍 가서 이 사건의 실마리를 찾아보자고."

새벽에 눈을 떠보니 홈즈는 벌써 나갈 채비를 마치고 나를 깨우러 와 있었다. 벌써 바깥을 한 바퀴 둘러보고 온 것 같았다.

"잔디밭과 자전거 창고를 지금 살펴보고 왔다네. 덤불숲에도 다녀왔지. 옆방에 코코아를 준비해 놓았으니 서두르게나. 오늘은 바쁜 하루가 될 거야."

홈즈의 눈은 반짝였고 두 뺨에는 활기가 가득했다. 평소와는 전혀 다른 모습으로, 일감을 준비해 놓고 막 일을 시작하려는 일꾼의 표정과도 같았다. 생기가 가득한 그의 모습을 보면서 나는 그의 말대로 바쁜 하루를 보내기 위한 준비를 했다.

하지만 기대는 곧 실망이 되었다. 홈즈와 나는 양떼가 다니는 황무지를 여기저기 다녔지만, 아무런 흔적도 발견할 수 없었다. 물이끼와 적갈색 덤불로 가득한 황무지를 지나 홀더네스 저택과 황무지를 구분할 수 있는 녹지대까지 왔지만 아무것도 없었다. 홈즈는 이끼가 낀 길 위의 발자국을 하나하나 살펴보면서 천천히 걸었다. 양떼의 발자국이 매우 많았고 소 발자국도 때때로 보였다. 그러나 그 밖에는 아무것도 없었다.

"왓슨, 일단 이곳을 살펴보자고. 저쪽에도 황무지가 있고 여기에 좁은 길이 하나 있군. 앗! 이게 뭐지?"

홈즈가 가리키는 곳을 보니 좁은 길 중간쯤에 선명한 자전거 바퀴 자국이 남아 있었다.

“드디어 찾았군! 축하하네!”

나는 너무 기뻐서 소리를 지르고 말았다. 그러나 홈 즈는 고개를 저으며 뭔가를 생각하고 있었다.

“자전거는 맞지만 우리가 찾는 자전거는 아니야. 자 전거 타이어에는 42종류가 있다네. 모두 타이어 무늬가 달라. 덮개를 덧댄 이 타이어는 던롭 사의 타이어야. 하 이데거 선생의 자전거는 팔머 사에서 만든 거라네. 에 이블링 선생이 확실하다고 말해 주었지. 팔머 사의 타 이어 무늬는 수직선이지. 즉, 이 자전거는 하이데거 선 생의 것이 아니라네.”

“그럼 샐타이어의 자전거일까?”

“그가 자전거를 타고 나갔다면 그럴 수도 있겠지. 하 지만 아직까지 그러한 증거가 없다네. 바퀴 자국으로 보면 자전거 주인은 학교에서 출발한 게 확실하군.”

“학교를 향해서 가는 것일 수도 있지 않은가?”

“아니야. 좀 더 깊이 팬 자국을 보게. 몸무게가 자전 거 뒤쪽에 실리기 때문에 뒷바퀴가 더 깊게 패여. 이 자 국을 살펴보면 뒷바퀴 자국만 남아 있어. 이건 자전거 가 학교에서 출발했다는 증거지. 이 바퀴 자국을 따라 가면 어떻게 된 것인지 알 수 있겠지.”

우리는 바퀴 자국을 따라 계속 걸어갔다. 200야드 정도를 가자 길이 끝나는 지점에 도착했고, 황무지 땅은 습기로 질퍽해져 있었다. 이번에는 샘물이 나오는 장소가 있었는데, 이곳의 바퀴 자국은 소 발자국에 의해 거의 지워져 있었다. 길은 학교 뒤 덤불숲 속으로 이어져 있었는데, 이 숲에서 자전거가 나온 것이 틀림없었다. 홈즈는 바위 위에 앉아서 한참 동안 턱을 괸 채로 생각에 잠겨 있었다. 내가 담배를 두 개비나 피운 뒤에야 홈즈는 겨우 몸을 일으켰다.

"흔적이 남을까 봐 자전거 타이어 자국을 바꾼 게 틀림없어. 매우 교활한 놈이군. 이렇게 머리가 잘 돌아가는 놈을 상대하다니 더 재미있는걸. 자, 이제 다시 황무지를 살펴보러 가자고. 아직 조사하지 못한 곳이 많아."

우리는 다시 황무지로 돌아가 늪 가장자리를 차근차근 살폈다. 끈기 있게 조사한 덕분에 작은 소득을 얻을 수 있었다. 늪 아래편 오른쪽에 진흙으로 엉망이 된 샛길을 발견한 것이다. 홈즈는 그쪽으로 가더니 기쁨의 탄성을 지르고 말았다. 가느다란 전선 꾸러미 같은 팔머 자전거 타이어를 발견한 것이다.

"하이데거 선생의 것이 분명해. 나의 추리가 맞았어."

홈즈는 매우 기뻐하면서 말했다.

"정말 축하하네! 잘됐군. 이제 단서를 찾은 건가?"

"아직 멀었어. 길을 자세히 살핀 보람은 충분하군. 이제 이 바퀴 흔적을 따라가 보자고."

황무지는 습기로 인해 많은 부분이 질퍽거렸고 그런 곳에서는 자전거 바퀴 자국도 놓칠 수밖에 없었다. 하지만 다시 이어진 바퀴 자국을 열심히 찾아가면서 흔적을 따라갔다.

"자전거를 탄 사람은 전속력으로 달린 게 분명하군. 바퀴 자국이 모두 비슷한 깊이로 패어 있어. 이건 자전거를 탄 사람이 앞바퀴 쪽으로 몸을 잔뜩 기울였다는 증거가 되지. 전속력으로 질주하기 위해서 자세를 그렇게 한 걸 거야. 오, 여기서는 넘어져버렸군."

바퀴 자국이 어지럽게 나 있는 그곳에서는 사람이 넘어진 흔적도 있었다. 발자국 몇 개가 있었는데, 타이어 자국은 다시 사라져 보이지 않았다.

"옆으로 넘어진 것 같군."

나는 엉켜 있는 흔적이 바닥에 넓게 난 것을 보고 말했다. 그러나 홈즈는 말없이 금작화 꽃 덤불에서 꺾인 가지 하나를 들어올렸다. 금작화의 노란색 꽃잎은 붉은 피로 얼룩져 있어서 나는 공포에 질리고 말았다. 자세히 보니 길 위와 히스 덤불 위에도 핏자국이 있었다.

"이런, 왓슨! 가만히 있게. 쓸데없는 발자국을 남겨서는 안 되네. 핏자국이 있는 걸 보니 상처를 입고 쓰러졌다가 다시 일어난 모양이야. 자전거를 계속 타고 달려갔군. 그런데 왜 소 발자국만 눈에 띄는 거지? 황소한테 받혔을 리도 없는데……. 다른 사람의 흔적은 없으니 계속 가보세나. 이번에는 핏자국을 따라가자고. 아마 멀리 가지는 못했을 것 같군."

추적은 생각 이상으로 금방 끝나고 말았다. 바퀴 자국은 진흙길 위에 곡선을 그리며 비틀비틀 이어져 있었다. 앞을 보자 반짝이는 금속성 물체가 보였는데, 물체는 금작화 덤불에 가려져 있었다. 덤불에서 그것을 끄집어내니 팔머 타이어가 달린 자전거였다. 한쪽 페달은 구부러져 있고, 앞부분은 피투성이가 되어 있어 매우 끔찍해 보였다.

덤불 저쪽에는 신발 한 컬레가 있어서 재빨리 그곳으로 가보니 자전거 주인으로 보이는 한 남자가 누워 있었다. 안경을 쓰고 턱수염을 길렀는데, 한쪽 안경알은 빠져나가고 없었다. 머리 한쪽 부분이 뭉개져 있는 것으로 보아 무언가로 머리를 세게 얻어맞고 죽은 게 분명했다. 이렇게 심한 부상을 입고도 여기까지 오다니 그의 용기와 체력은 대단했을 것이다. 신발은 신었지만 양말은 신지 않았으며, 코트 안에는 잠옷이 보였다. 이로 미루어보아 죽은 남자는 하이데거 선생이 확실했다.

홈즈는 경건한 손길로 시신을 돌려눕히고 꼼꼼하게 살펴보았다. 그리고 잠시 동안 앉아서 골똘히 생각에 잠겼는데, 그의 일그러진 눈썹으로 미루어보아 이 끔찍한 사체의 발견이 수사에 별 도움이 되지 않는 것이 분명했다.

"왓슨, 이제 뭘 해야 할지 모르겠군."

마침내 홈즈가 입을 열었다.

"내 생각으로는 황무지를 계속 살펴보는 게 가장 좋은 방법일 거야. 이미 시간이 많이 지났기 때문에 더 이상 허비할 시간이 없네. 일단 이 상황을 경찰에 알려서 불쌍한 하이데거 선생의 시신을 옮기도록 해야지."

"내가 다녀오겠네."

"난 자네 도움이 필요해. 저기 누군가가 토탄을 캐고 있으니 그에게 부탁하는 게 좋겠어. 저 사람을 데리고 오게. 저 사람한테 경찰을 부르라고 하면 되겠군."

나는 농부를 데려왔고 그는 사체를 보고 겁에 질렸다. 홈즈를 그에게 헉스터블 박사에게 전할 편지를 부탁했고, 경찰서에 가서 신고하라고 말해 주었다.

"자, 왓슨! 오늘 아침 우리는 단서를 두 가지 찾았어. 하나는 팔머 타이어 자전거야. 그 자전거 주인이 당한 일도 목격했지. 두 번째 단서는 던롭 타이어 자전거야. 이제 우리가 알고 있는 사실을 다시 한 번 생각해 보자고. 필요 없는 사실은 모두 버리고 중요한 사실만 골라내야 해.

우선 샐타이어는 자신의 뜻대로 행동한 게 분명해. 창문으로 나온 샐타이어는 혼자 또는 누구와 같이 갔을 거야. 그리고 하이데거 선생에 대해 생각해 봐야지. 샐타이어는 방을 나올 때 옷을 완전히 차려입고 있었어. 앞으로 자기가 무슨 일을 할 것인지 잘 알고 있었다는 거지. 하지만 하이데거 선생은 양말도 신지 못할 만큼 서둘렀어."

"나도 그렇게 생각해. 그런데 왜 그랬을까?"

"선생은 자기 방 창문을 보다가 샐타이어가 빠져나가는 것을 봤겠지. 선생은 소년을 데려오려고 자전거를 타고 뒤쫓아 가다가 죽임을 당한 거야."

"그런 것 같군. 안타까운 일이야."

"자, 이제 가장 중요한 사실을 설명하지. 어린 소년을 쫓아가는 남자라면 당연히 달려가겠지. 소년 걸음이야 쉽게 따라잡지 않겠나? 그런데 왜 하이데거 선생은 자전거를 타고 갔을까? 소년은 아마 아주 빠른 것을 타고 갔을 거야. 그러니 자전거를 타고 따라갔겠지."

"그렇다면 샐타이어도 자전거를 타고 간 걸까?"

"더 생각해 보게. 학교에서 5마일 떨어진 곳에서 선생은 죽임을 당했어. 권총에 의한 죽음이 아니야. 소년은 아무것도 가지고 나가지 않았을 거야. 그런데 하이데거 선생은 흉기에 맞아 죽었어. 그렇다면 소년은 혼자가 아니었던 거야. 그리고 하이데거 선생이 소년을 따라잡기까지 5마일이나 걸렸어. 즉 소년이 매우 빨리 움직였다는 거지. 그런데 우리는 뭘 발견했나? 소 발자국 외에는 아무것도 없었어. 50야드 내에는 길도 없었어. 던롭 자전거 주인은 이 사건과 전혀 관계없는 사람일 수도 있지. 근처에 사람 발자국이라고는 전혀 없었지 않은가."

"홈즈, 그건 말이 안 되지 않은가?"

"그래, 자네 말이 맞아. 말이 안 되지."

"아무도 없는데 사람은 죽어 있어. 이건 불가능한 일이지. 그러니 내가 얘기한 내용에 뭔가 허점이 있다는 거야. 어디가 잘못된 걸까?"

"하이데거 선생이 자전거에서 혼자 떨어져 상처를 입을 가능성도 있지 않을까?"

"여긴 푹신하기까지 한 늪지대야. 게다가 머리뼈가 부서질 만큼 자전거에서 심하게 떨어질 수는 없네."

"모르겠군. 정말 모르겠어."

"저런, 이보다 더 어려운 문제도 풀었는데 이 정도로 그러면 안 되지. 우리가 알고 있는 사실이면 충분하니까 이를 이용하면 되지. 팔머 타이어는 충분히 조사했으니 던롭 타이어를 생각하는 게 좋겠군."

우리는 바퀴 자국을 따라서 계속 앞으로 나아갔다. 그러나 히스로 뒤덮인 오르막길이 나오면서 늪지대는 끝났고, 더 이상 바퀴 자국도 없었다. 자전거 바퀴 자국은 홀더네스 저택 방향을 향해 끝이 났다. 왼쪽으로 몇 마일 앞에 공작의 집에 세워져 있는 높은 탑이 보였다. 그 앞에는 체스터필드 도로 쪽으로 낮은 회색 집 한 채가 보였다.

우리는 그 낡고 지저분한 집으로 갔다. 그 집은 여관

으로, 문 위에는 싸움닭 간판이 걸려 있었다. 홈즈는 갑자기 앓는 소리를 내며 비틀거렸고, 힘들게 절룩거리면서 여관으로 들어갔다. 문간에는 햇볕에 그을린 나이든 남자가 쪼그려 앉은 채 검은 사기 파이프로 담배를 피우고 있었다.

"안녕하세요, 루빈 헤이즈 씨!"

홈즈가 자연스럽게 말을 건넸다.

"누구요? 내 이름을 어떻게 알지?"

남자는 의심스럽다는 듯이 교활한 눈빛으로 우리를 훑어보며 물었다.

"간판에 쓰여 있으니 주인 이름이 맞겠죠. 헤이즈 씨, 혹시 여관에서 마차를 빌릴 수 있을까요? 보다시피 제가 발목을 삐끗해서요."

"우리는 마차가 없소."

"땅에 발을 댈 수가 없어요. 제발 부탁드리겠습니다."

"아픈 발은 땅에 안 대면 되겠군."

"그러면 걸을 수가 없지 않습니까."

"그럼 한쪽 다리로 깡충깡충 뛰면 되겠군."

남자는 예의라고는 전혀 없는 말투로 대꾸했지만, 홈즈는 여전히 예의 바르게 남자에게 부탁했다.

“헤이즈 씨, 너무 아파서 어쩔 수가 없습니다. 탈것이면 아무 거나 상관없으니 빌려주십시오.”

“난 당신이 아픈 것과는 상관이 없는 사람이오. 알아서 하시오.”

“아주 중요한 일이 있어서요. 자전거를 빌려주시면 소블린 금화를 드리겠습니다.”

갑자기 남자가 관심을 보이기 시작했다.

“어딜 갈 건데 그러는 거요?”

“홀더네스 저택에 가려고 합니다.”

“공작을 잘 알아요?”

남자는 진흙과 덤불이 묻어 지저분한 우리의 옷차림을 보며 말했다.

“우리를 보면 공작이 아주 반가워하실 겁니다.”

홈즈가 아무렇지 않은 듯이 웃으면서 대답했다.

“왜 당신들을 반가워한다는 거요?”

“실종된 아드님 소식을 찾았거든요.”

이 말을 들은 남자는 순간 움찔했다.

“뭐라고요? 도련님을 찾았다고요?”

“리버풀에 있다는 연락을 지금 막 받았습니다.”

남자의 넓적한 얼굴에 안도의 빛이 스치는 것이 보였

다. 그러더니 갑자기 여관 주인의 태도가 매우 부드러워졌다.

"사실 공작이 내게 좋은 분이라고는 할 수 없소. 난 예전에 공작의 마부장이었는데, 잡곡상의 거짓말을 듣고 내게는 한 마디 말도 하지 않고 나를 해고해 버렸지. 하지만 도련님이 리버풀에 있다니 다행이군. 그 소식을 전할 수 있도록 탈것을 빌려주겠소. 잠시 기다리시오."

"감사합니다, 정말 감사합니다. 그런데 혹시 식사를 할 수 있을까요? 그러고 나서 자전거를 빌려주시면 좋을 텐데요."

"미안하지만 자전거는 없소."

홈즈는 말없이 소블린 금화를 한 개 내밀었다.

"정말이오. 자전거는 없소. 하지만 홀더네스 저택까지 갈 수 있도록 말을 두 필 빌려주겠소."

"지금은 배가 몹시 고프니 일단 식사를 한 뒤 다시 이야기하도록 하죠."

우리는 바닥에 돌이 깔린 부엌으로 가서 늦은 점심을 먹었다. 아침부터 아무것도 먹지 못했기 때문에 우리는 오랫동안 식사 시간을 가졌다. 홈즈는 식사를 하면서 생각에 깊이 잠기기도 하고 창가로 가서 밖을 내다보기도 했다. 창문 밖에는 지저분한 앞마당이 있었는데, 마당 구석에 대장간에서 일하는 젊은이가 보였다. 그 반대쪽에는 마구간이 있었다. 홈즈는 그쪽을 한참 바라보더니 갑자기 벌떡 일어났다.

“이럴 수가! 드디어 알아냈어. 그랬군. 이렇게 어리석을 수가. 왓슨, 오늘 소 발자국을 본 거 기억하나?”

“물론이지. 몇 개 있었지.”

“어디서 봤지?”

“황무지 전체에서 봤지 않은가. 그리고 하이데거 선생이 살해당한 장소에도 소 발자국이 있었지.”

“그래, 맞아. 그런데 황무지에서 소를 본 적이 있나?”

“한 마리도 못 봤지.”

“좀 이상하지 않은가? 우리가 가는 곳마다 소 발자국이 있었는데 소는 한 번도 본 적이 없다니 말이야.”

“그래! 생각해 보니 정말 이상하군.”

“이제 기억을 떠올려서 아까 갔던 길을 생각해 보게. 길 위에 자국이 기억나지?”

“기억나네.”

“그럼 소 발자국 모양도 기억나나? 발자국 모양이 조금씩 달랐지. 그래, 그랬어.”

"발자국 모양까지는 잘 기억나지 않네만."

"확실해. 맹세할 수도 있어. 다시 한 번 가보면 되겠군. 아아, 지금까지 난 장님이었어. 앞에 있는데도 보지 못하다니. 그래서 결론을 내릴 수 없었던 거야."

"소 발자국에 무슨 의미가 있다는 건가?"

"자네, 발 네 개를 동시에 땅에서 뗄 정도로 빨리 달리는 소를 본 적이 있나? 시골 여관 주인으로서는 생각하지 못할 눈속임이야. 마당이 조용한 걸 보니 대장간 젊은이 외에 마구간에는 아무도 없는 것 같군. 슬쩍 나가서 볼까?"

무너져가는 마구간은 전혀 돌보지 않은 듯, 털이 헝클어진 말 두 마리가 있었다. 홈즈는 그 중 한 마리의 발굽을 들여다보고 기쁜 듯이 웃었다.

"편자는 오래 됐는데 얼마 전에 바꾸었군. 오래된 편자인데 못은 새 거야. 정말 대단한 사건이군. 마당 건너편에 있는 대장간으로 가보자고."

대장간에 있는 젊은이는 우리를 본 척도 하지 않고 부지런히 자신의 일에 집중했다. 홈즈는 바닥에 흩어진 쇠붙이와 나무 부스러기를 향해 연신 날카롭게 눈알을 굴리며 살펴보았다. 그런데 바로 그때 우리 뒤에서 발소리가 들려 뒤를 돌아보니 여관 주인이 우리를 무섭게 쏘아보고 있었다. 잔인한 눈빛과 잔뜩 찡그린 눈썹, 시커먼 얼굴은 울분을 이기지 못하고 부들부들 떨고 있었다. 그가 무쇠를 박은 짧은지팡이를 들고 한 대 칠 것 같은 기세로 다가오자 그 모습이 어찌나 무서웠든지 나는 주머니에 있는 리볼버를 손에 꼭 쥐었다.

"이 못된 염탐꾼들! 여기서 뭐하는 거요!"

남자는 화가 나서 소리를 질렀다.

"헤이즈 씨군요. 여기 우리가 보면 안 되는 거라도 있나요? 화를 낼 필요는 없는 것 같은데."

홈즈가 아무렇지 않게 대꾸하자 주인은 애써 웃음을 지으려고 했지만 그 모습이 더 흉해 보였다.

"대장간에 있는 물건이야 뻔하지. 난 내 허락 없이 내 집에서 누가 돌아다니는 것을 좋아하지 않소. 여기서 나가주시오."

"죄송합니다. 나쁜 뜻은 없었으니 이해해 주십시오. 타고 갈 말이 어떤가 살펴보았거든요. 그런데 이제는 발이 다 나아서 걸어가도 될 것 같군요."

"공작의 집은 2마일 정도면 되니까 그렇게 하시오. 왼쪽으로 가면 길이 있소."

주인은 의심스러운 눈빛으로 홈즈와 내가 여관을 완전히 나갈 때까지 눈을 떼지 않았다. 하지만 우리는 멀리 가지 않았다. 여관 주인의 시야에서 벗어나자 홈즈가 걸음을 멈췄던 것이다.

"마치 고향을 떠나는 기분이군. 정말 섭섭해. 여관에서 멀어지니 사건 현장에서도 멀어지는 기분이야. 이렇게 갈 수는 없지. 암, 그렇고말고."

"내 생각도 그렇다네. 여관 주인은 모든 것을 알고 있는 게 틀림없어. 인상도 매우 험악하지 않은가!"

"자네도 같은 생각이군. 이쪽은 마구간, 저쪽은 대장간이라니 참 재미있는 여관이야. 들키지 않도록 조심해서 다시 여관으로 가세."

회색 석회암이 흩어져 있는 언덕이 뒤로 길게 이어졌다. 우리는 길에서 나와 언덕 위로 올라갔는데, 홀더네스 저택에서 자전거를 탄 사람이 급하게 달려오는 것이 보였다.

"엎드려, 왓슨, 어서!"

홈즈는 내 어깨를 세게 눌렀다. 몸을 숙이자 자전거가 아슬아슬하게 우리를 스쳐 지나갔다. 뿌옇게 오르는 먼지 사이로 낯익은 남자의 얼굴이 보였다. 창백한 얼

굴은 매우 초조해 보였는데, 입을 벌린 채 정면을 바라
보고 있었다. 그는 바로 어제 만났던 제임스 와일더 비
서였다.

“저런! 공작의 비서가 아닌가! 서두르게. 빨리 따라가
야 해.”

우리는 바위를 옮겨가면서 몸을 숨겼고, 여관 앞마당
이 보이는 곳에 도착하게 되었다. 아까 본 와일더 비서
의 자전거가 벽에 세워져 있었지만 여관 안에서는 사람
의 기척이 전혀 느껴지지 않았다. 방 안에는 아무도 없
는지 창가에도 사람의 모습은 보이지 않았다. 땅거미가
내려앉기 시작했고 홀더네스 저택 탑 뒤로 해가 저물기
시작했다. 그때 어두운 마당 한쪽에서 마차 램프의 불
빛이 보였다. 말발굽 소리가 나기 시작하더니 마차는
체스터필드 도로 방향으로 빠르게 달리기 시작했다.

“왓슨, 저 마차를 어떻게 생각하지?”

“저렇게 서두르는 걸 보니 도망치는 것 같군.”

“마차 안에는 한 사람밖에 없는 것 같아. 그 사람이
와일더 비서는 아니겠지. 저기 문가에 서 있으니까.”

어둠 속에서 문이 열렸고 집안에서 나오는 빛이 마당
을 비추고 있었다. 빛 가운데에 비서의 검은 그림자가

있었는데, 목을 길게 빼고 어딘가를 계속 바라보고 있었다. 누군가를 기다리는 듯한 모습이었다. 드디어 길에서 발자국 소리가 들렸다. 누군가 여관 안으로 들어갔고 여관 문이 다시 닫혔다. 5분 정도 지나자 2층에 있는 방 하나에 불이 켜졌다.

"이 여관은 이상한 방법으로 손님을 맞이하는군."

"바는 반대쪽에 있는데 왜 2층으로 올라간 걸까?"

"아주 은밀한 손님인가 봐. 대체 와일더 비서가 이 시간에 저런 여관에서 뭘 하고 있는 거지? 좀 위험하더라도 가까이 가봐야겠어."

홈즈와 나는 조심스럽게 언덕에서 내려가 여관 문을 향해 다가갔다. 와일더의 자전거는 벽에 세워져 있었는데, 홈즈는 성냥불을 켜서 뒷바퀴를 조사했다. 역시 예상했던 대로 던롭 제품이었다. 자전거 위의 창문에서 불빛이 새어 나왔다.

"창문 안을 좀 들여다봐야겠어. 왓슨, 미안하지만 엎드려서 등을 좀 대주게."

내가 엎드리자 홈즈는 등 위로 올라갔다. 그러나 몇 초 지나지 않아 다시 내려왔다.

"왓슨, 고맙네. 오늘 할 일은 다 끝난 것 같군. 단서는 모두 찾은 것 같아. 학교까지는 길이 머니 서두르세.”

황무지를 가로질러 프라이어리 스쿨까지 돌아가는 내내 홈즈는 아무 말도 하지 않았다. 맥클턴 역에서 홈즈는 어딘가로 전보를 치고 학교로 돌아왔다. 그날 밤, 헉스터블 박사는 하이데거 선생의 비참한 최후를 들었고 매우 슬퍼했다. 박사를 위로하던 홈즈는 얼마 후 내 방으로 들어왔다. 늦은 시간이었지만 홈즈는 막 일어난 사람처럼 생기가 넘치는 모습이었다.

“일이 잘 진행되고 있어. 내일 저녁 전까지는 사건이 해결될 거야.”

다음 날 아침 11시, 홈즈와 나는 홀더네스 저택의 아름다운 정원을 구경하며 안으로 들어갔다. 우리는 하인의 안내를 받아 웅장한 엘리자베스 시대풍의 현관을 지나 공작의 서재로 들어갔다. 공작의 비서 제임스 와일더가 서재에서 우리를 기다리고 있었는데, 점잖고 품위 있는 모습은 여전했지만 경계하는 듯한 눈빛과 경련으로 실룩이는 얼굴에는 어젯밤의 극심한 공포의 흔적이 그대로 남아 있었다.

“공작님을 만나러 오신 건가요? 지금 공작님은 몸이

좀 안 좋으십니다. 헉스터블 박사가 보낸 전보를 어제 오후에 받았습니다. 아마 그 끔찍한 사건 때문에 충격을 받으신 것 같더군요.”

“와일더 씨, 공작님을 지금 만나야겠습니다.”

“지금 침실에서 쉬고 계십니다.”

“그럼 제가 침실로 가겠습니다.”

“아직 자리에 누워계십니다.”

“그래도 꼭 만나야겠습니다. 안내해 주시오.”

홈즈의 강한 태도에 와일더 비서는 소용없다고 생각한 듯했다.

“알겠습니다. 잠시만 기다려주세요. 공작님께 말씀드리고 오겠습니다.”

약 한 시간 정도 지났을 때 홀더네스 공작이 서재로 들어왔다. 얼굴은 더욱 창백해졌고 어깨마저 구부러져서 어제 만난 사람과는 전혀 달라 보였다. 공작은 정중하게 인사를 한 뒤 책상 앞에 있는 의자에 앉았다. 붉은 수염이 책상 위로 흘러내렸다.

“홈즈 선생, 대체 무슨 일이오?”

홈즈는 공작의 의자 옆에 서 있는 와일더 비서를 뚫어지게 쳐다보며 말했다.

“공작님! 와일더 비서가 자리를 비켜주셔야 좀 더 자유롭게 말씀드릴 수 있을 것 같습니다.”

와일더는 이 말을 듣고 핏기가 완전히 사라진 창백한 얼굴로 홈즈를 노려보았다.

“알았소. 와일더, 자네는 잠시 나가 있게. 홈즈 선생, 이제 말을 해보시오.”

홈즈는 와일더 비서가 나가고 서재 문이 닫히는 것을 보고서야 말을 꺼냈다.

“공작님, 제가 헉스터블 박사에게 들은 바로는 현상금을 거셨다고 하던데 사실입니까?”

“그렇소, 사실이오.”

“아드님이 있는 곳을 알려주면 5천 파운드, 데리고 있는 사람을 알려주는 사람에게도 1천 파운드를 주신다고요.”

“물론이오.”

“아드님을 납치한 사람이나 데리고 있는 사람을 알려드리면 1천 파운드를 주신다는 말씀이신 거죠?”

“그렇소. 뭐든 알고 있다면 말해 보시오. 일을 잘 해결해 준다면 보상은 후하게 할 거요. 부족하다고 느끼지 않게 해주겠소.”

공작은 초조한 목소리로 말했다. 홈즈는 손바닥을 마주 비볐는데, 돈에 연연하는 홈즈의 모습을 본 적이 없던 나는 매우 놀랐다.

"책상 위에 놓인 것이 공작님의 수표책인가요? 지금 6천 파운드짜리 수표를 끊어주시면 감사하겠습니다. 지급보증 수표로, 캐피탈 카운티스 은행, 옥스퍼드 지점입니다."

공작은 엄격한 얼굴로 꼿꼿하게 앉아서 홈즈를 무표정하게 바라보았다.

"이보시오, 지금 농담하는 거요? 난 매우 심각하오."

"그럴 리가요, 공작님. 저는 아주 진지하게 말씀드리고 있습니다."

"그럼 무슨 속셈이오?"

"보상금을 받겠다는 거지요. 저는 아드님이 어디 있는지, 누가 데리고 있는지도 알고 있으니까요."

"뭐라고요? 샐타이어는 지금 어디 있소?"

공작은 가쁜 숨을 내쉬면서 말했는데, 얼굴이 하얗게 질렸고 붉은 수염이 더욱 붉게 물들었다.

"지금 아드님은 싸움닭 여관에 있습니다. 적어도 어젯밤까지는요. 여기서 2마일 정도 떨어진 곳이죠."

공작은 등받이에 털썩 몸을 기댔다.

"범인이 누구요?"

홈즈가 대답한 범인은 내 상상을 훨씬 뛰어넘는 것이었다. 홈즈는 공작에게 빠른 걸음으로 다가가 어깨에 손을 얹고 말했다.

"바로 공작님, 당신입니다. 이제 수표를 써주시겠습니까?"

공작은 벌떡 일어나더니 두 손으로 책상을 움켜쥐었다. 그러나 귀족다운 자제력을 발휘하여 다시 자리에 앉았고, 괴로운 듯이 얼굴을 두 손에 파묻고 한참 동안 있었다.

"어느 정도나 알고 있는지 말해 주시오."

고개를 숙인 채 공작이 말했다.

"어젯밤, 공작님을 봤습니다."

"왓슨 씨 말고 또 누가 알고 있소?"

"아직 아무도 모릅니다."

공작은 떨리는 손으로 펜을 집어 수표책을 열었다.

"나는 약속은 지키는 사람이오. 지금 수표를 써드리겠소. 하지만 당신이 한 말은 전혀 반갑지 않은 소식이군. 보상금을 주겠다고 제안했을 때는 이렇게 될 거라고 상상도 못 했는데. 내가 당신과 왓슨 씨를 믿어도 되겠소?”

“무슨 말씀을 하시는 건지 잘 모르겠습니다만.”

“간단히 말씀드리겠소. 이번 일에 대해 누구에게도 말하지 말아달라는 거요. 1만 2천 파운드를 주겠소.”

홈즈는 웃으면서 고개를 저었다.

“공작님, 이런 문제는 돈으로 해결할 수 있는 게 아닙니다. 학교 선생 한 명이 죽었습니다. 이에 책임을 지셔야 할 겁니다.”

“제임스는 그 일과는 관련이 없소. 그가 사람을 잘못 고용했기 때문이오. 선생을 죽인 사람은 불량배에 불과하오.”

“하지만 범죄를 계획한 사람은 그 범죄로 인해 일어난 일 모두에 도덕적인 책임을 져야 합니다.”

“도덕적인 책임이라…… 당신 말이 맞소. 하지만 법적으로는 그렇지 않소. 살인 현장에 있지도 않은 사람이 살인죄를 뒤집어쓸 수는 없소. 게다가 제임스도 살인은 생각한 적도 없소. 하이데거 선생이 시체로 발견되었다는 소식을 듣고 제임스는 모든 걸 자백했소. 그는 지금 공포와 후회로 어찌할 바를 모르고 있소. 살인

자와는 이미 모든 관계를 끊었고. 홈즈 선생, 내가 이렇게 부탁하겠소. 제임스를 구해 주시오. 그를 살려야만 하오.”

공작은 자제심을 잃고 주먹을 휘두르며 괴로워하다가 잠시 후 이성을 되찾았는지 자리로 돌아와 앉았다.

“다른 사람에게 말하지 않고 먼저 찾아와 주어서 고맙소. 이 끔찍한 사건을 어떻게 해야 할지 이야기해 봅시다.”

“공작님, 일단 모든 일을 사실대로 말씀해 주십시오. 최선을 다해 도와드리겠지만, 그러기 위해서는 자초지종을 모두 알아야 합니다. 와일더 비서가 왜 살인자가 아닌지도 충분한 설명이 필요하고요.”

“제임스는 절대 살인자가 아니오. 살인자는 이미 도망쳤소.”

“공작님은 저에 대해서 잘 모르시는 게 분명하군요. 루빈 헤이즈는 어제 체스터필드에서 체포당했습니다. 정각 밤 11시였습니다. 오늘 아침 학교를 출발하기 전에 지역 경찰서장이 저에게 보낸 전보도 받았지요.”

공작은 의자에 등을 기대고 앉아 존경 어린 눈빛으로 홈즈를 바라보았다.

"홈즈 선생은 정말 대단하오. 사람의 한계를 벗어난 능력을 가진 것 같소이다. 루빈 헤이즈가 잡혔다니 참으로 다행이오. 이 일로 제임스에게 해가 가지 않아야 할 텐데."

"공작님은 비서에게 매우 깊은 애정을 갖고 있군요."

"흠, 사실 제임스는 내 친아들이오."

홈즈는 예상치 못한 말에 매우 충격을 받은 듯했다.

"제가 상상도 못 한 일이군요. 공작님, 좀 더 자세한 말씀을 부탁드리겠습니다."

"좋소. 솔직하게 다 말하겠소. 이 모든 사건은 제임스의 질투에서 시작되었소. 내가 혈기 넘치는 젊은이였을 때 한 여자를 사랑하게 되었소. 정말 평생 있을까 말까 하는 운명 같은 사랑이었지. 우리는 서로 사랑했고 난 그녀에게 청혼했지만 그녀는 신분 차이로 거절했소. 자신과 결혼하면 내 지위에 흠이 갈 거라고 말이오. 그녀가 살아 있기만 했다면 난 누구와도 결혼하지 않았을 거요.

그녀는 내 아이를 낳다가 죽었소. 그 아이가 바로 제임스지. 그녀에 대한 사랑 때문에 나는 그 아이를 누구보다 사랑했소. 비록 내가 아버지라는 걸 알릴 수는 없었지만, 좋은 학교에 보내고 어른이 된 후에는 곁에 두고 싶어서 비서로 채용했지. 그런데 제임스가 이 사실을 알아버린 거요. 그리고 나를 협박했소. 이 사실이 알려지면 내 결혼생활이 불행한 이유도 사생아 때문이라고 난리가 나겠지.

그런데 제임스는 다른 누구보다 샐타이어를 질투했소. 내 후계자이고 상속자라는 이유로 말이오. 아마 홈즈 선생은 왜 굳이 그런 상황에서도 제임스를 곁에 두었냐고 물어볼 수도 있을 거요. 그 이유는 하나요. 제임스를 보면 내가 그토록 사랑했던 여자를 떠올릴 수 있었기 때문이오. 그녀의 모습이 제임스에게 고스란히 남아 있었소. 그래서 난 제임스를 곁에 둘 수밖에 없었지. 하지만 샐타이어에게 나쁜 짓을 할까 봐 두려웠소. 그래서 그를 헉스터블 박사의 학교에 입학시킨 것이오.

제임스는 한때 우리 집 하인이었던 헤이즈와 일을 꾸몄더군. 헤이즈는 질이 좋지 않은 사람인데, 이상하게 제임스는 그와 친하게 지냈소. 제임스가 샐타이어를 유괴하겠다고 결심하자 헤이즈가 이를 적극적으로 도운 거요. 내가 샐타이어에게 편지를 보냈다고 한 말 기억하오? 제임스는 그 편지를 뜯어 샐타이어에게 학교 뒤에 있는 덤불숲에서 만나자는 쪽지를 내 아내의 이름으로 보냈소.

그날 밤, 제임스는 자전거를 타고 샐타이어를 숲 속에서 만났소. 그리고 어머니가 샐타이어를 보고 싶어서 황무지에서 기다리고 있다고 말했소. 이건 제임스가 나에게 털어놓은 이야기 그대로를 말하는 거요. 그리고 그날 밤 자정에 다시 숲으로 와서 말을 탄 남자를 만나면 어머니가 있는 곳으로 데려다줄 거라고 말했소.

샐타이어는 감쪽같이 속고 말았지. 제임스가 말한 곳에 가보니 헤이즈가 조랑말을 타고 기다리고 있었소. 헤이즈는 샐타이어를 말에 태우고 도망갔지. 그런데 얼마 후, 헤이즈는 누가 자신을 따라오고 있다는 걸 알았소. 헤이즈는 쇠지팡이로 뒤따라온 선생의 머리를 쳤고 결국 선생은 죽고 말았지. 하지만 제임스는 이 사실을 어제 알았소. 헤이즈는 샐타이어를 여관으로 데리고 와 2층 방에 가두었소. 그리고 남편을 무서워하는 아내에게 아들을 돌보라고 시켰지. 그녀는 너무 착한 여자라 남편의 말에 꼼짝하지 못하지.

당신은 제임스가 왜 그런 일을 했는지 궁금할 거요. 제임스는 샐타이어를 상상하지도 못할 만큼 매우 미워

하고 있었소. 제임스의 입장에서는 자기가 내 후계자가
되어 모든 것을 물려받아야 한다고 생각하지만, 법적으
로 그럴 수 없다는 것에 매우 화가 나 있소. 그리고 숨
겨진 동기가 또 하나 있소. 후계자 자리를 내가 마음만
먹으면 줄 수 있다고 생각하기 때문에 나와 협상을 하
기로 한 거요. 제임스에게 후계자 자리를 물려준다는
유언장을 작성하면 샐타이어를 무사히 돌려보내겠다고
말하려고 했소. 그는 내가 경찰에 신고하지 못할 것이
라는 사실을 잘 알고 있었소. 하지만 상황이 급변해 버
렸기 때문에 결국 그렇게는 하지 못했소.

제임스의 계획이 틀어지기 시작한 건 어제 당신이 하
이데거 선생의 시체를 발견한 뒤부터요. 그 소식을 듣
고 제임스는 공포에 빠졌소. 어제 나는 제임스와 서재
에 있었는데, 전보를 읽은 제임스는 몹시 당황해서 어
쩔 줄 몰라 했소. 나는 혹시나 했던 의심에 확신이 들었
고, 제임스를 추궁해서 모든 사실을 자백 받았소.

제임스는 헤이즈를 위해 3일 동안만 시간을 달라고
말했소. 늘 그랬던 것처럼 난 제임스의 부탁을 들어주
었소. 그래서 어제 제임스가 헤이즈에게 도망치라고 말
한 거요. 낮에는 도저히 그곳에 갈 수가 없었기 때문에

어젯밤에 가서 샐타이어를 만났소. 그 아이는 다친 데
는 없었지만 매우 놀라서 겁에 질려 있었소. 아들을 데
려오고 싶었지만 다른 방법이 없었소. 경찰이 샐타이어
가 있던 곳을 알게 되면 살인자도, 공범인 제임스의 신
변에도 해가 될 테니까. 제임스가 피해를 받지 않으려
면 헤이즈의 범죄도 모른 척해야 했던 거요. 자, 이제
난 모든 것을 말했소. 이제 당신은 어떻게 할 것인지 말
해 주시오.”

“공작님은 지금 매우 심각한 상황입니다. 법적인 시
각으로 보면 이 사건은 매우 큰 범죄입니다. 범죄를 보
고도 눈감아주었고 살인범이 도주할 수 있도록 도왔습
니다. 아마 제임스는 헤이즈를 도망시키면서 적지 않은
돈을 요구했겠지요.”

공작은 말없이 고개를 끄덕이기만 했다.

“그러면 문제는 더욱 심각해지죠. 게다가 어린 아들
인 샐타이어에게도 못 할 짓을 하고 말았습니다. 유괴
를 당한 채로 그런 여관에 사흘씩이나 있게 하다니.”

“헤이즈 부인이 잘 돌보겠다고 약속했소.”

“그런 사람들의 약속을 믿으십니까? 아드님이 다시
사라져버린다면 그때는 어떻게 하시겠습니까? 죄를 지

은 아들 때문에 순진한 아들에게는 못 할 짓을 하신 거
죠. 정말 엄청난 위험에 빠뜨린 겁니다. 절대로 납득할
수 없는 행동입니다.”

홀더네스 공작이 태어난 이후 이렇게 심한 비난을 받
은 적은 처음이었을 것이다. 그의 얼굴은 붉어졌지만,
양심의 가책으로 인해 아무 말도 하지 않았다.

“하지만 제가 도와드리겠습니다. 대신 한 가지 약속
을 해주십시오. 집사에게 제 마음대로 명령을 내리겠습
니다. 괜찮으신가요?”

공작은 아무 말 없이 벨을 눌러 집사를 불렀다.

“도련님을 찾았으니 어서 데려오게. 도련님은 지금
싸움닭 여관에 계시니 마차를 보내 데려오라고 공작님
이 말씀하셨네.”

홈즈는 집사에게 명령했고 집사는 매우 기뻐하며 달
려 나갔다.

“이제 앞으로의 일들에 대해서는 어느 정도 안심할
수 있겠군요. 공작님, 전 경찰이 아닙니다. 그래서 정의
가 실현된다면 제가 아는 사실을 모두 밝힐 의무는 없
습니다. 경찰은 헤이즈를 체포했고 저는 헤이즈를 보호
하는 행동은 절대로 하지 않겠습니다. 헤이즈가 어떤

말을 할지는 모르지만, 입을 다무는 것이 좋을 거라고 다짐을 받아두는 게 좋겠죠. 경찰은 헤이즈가 몸값을 받기 위해 도련님을 유괴했다고 생각할 테니까요. 경찰이 유괴의 증거를 잡지 못해도 제가 참견하지는 않겠습니다. 하지만 공작님, 이건 명심해 두시기 바랍니다. 제임스를 곁에 두시면 분명히 해가 될 겁니다. 그는 불행만 가져올 뿐입니다.”

“고맙소, 홈즈 선생. 제임스는 이미 이곳을 떠나겠다고 약속했소. 그는 곧 오스트레일리아로 갈 거요.”

“제임스 때문에 공작님의 결혼생활이 불행했다고 말씀하셨죠? 이제 프랑스에 계신 부인도 데려오십시오. 부인과의 사이도 원만해질 수 있도록 노력하시기 바랍니다.”

“안 그래도 그럴 생각이었소. 아내에게 오늘 아침 편지를 보냈소.”

“저와 제 친구가 이곳까지 온 보람이 있군요. 한 가지 더 확실히 하고 싶은 부분이 있습니다. 헤이즈는 말에소 발자국 모양의 편자를 박아놓았던데, 그런 도구는 어디서 구한 거죠?”

공작은 몹시 놀란 표정으로 잠시 머뭇거리더니 우리

를 어떤 방으로 안내했다. 그 방은 박물관처럼 꾸며져 있었는데, 유리 장식장 앞으로 우리를 데리고 갔다. 그리고는 그 안에 있는 설명서를 손가락으로 가리켰다.

거기에는 다음과 같이 쓰여 있었다.

이 편자는 홀더네스 저택을 감싸고 있는 호수에서 발굴된 것이다. 이것은 말의 발굽에 씌우는 것이지만, 편자의 뒤쪽이 소의 발굽 모양처럼 되어 있어 추적자들을 따돌릴 때 용이하다. 중세 시대 홀더네스 가문에서 전쟁 때 사용했던 물건이라고 전해지고 있다.

홈즈는 장식장을 열고 손가락 끝으로 편자를 만져보았다. 편자는 최근에 사용했는지 덜 마른 진흙이 손가락에 묻었다.

"감사합니다. 궁금증이 풀렸군요."

편자를 제자리에 놓으면서 홈즈가 말했다.

"이것이 제가 이곳에 와서 본 것 중에서 두 번째로 흥미로운 물건입니다."

"그럼 첫 번째는 뭐였소?"

공작의 질문에 홈즈는 수표를 접어서 소중하게 수첩

에 끼워 넣으며 말했다.

"저는 가난한 사람입니다."

홈즈는 미소를 지으며 수표를 넣은 수첩을 가볍게 두드리더니, 그것을 안주머니에 깊숙이 집어넣었다.

세 학생

The adventure of the Three Students

　1895년, 홈즈와 나는 몇 가지 사건 때문에 영국의 가장 큰 대학가에서 몇 주를 보냈다. 내가 지금 기록하고자 하는 이야기는 바로 이때의 이야기로, 사소하지만 상당히 교훈적인 사건이었다. 사건이 발생했던 대학이나 범인의 구체적인 신원을 밝히는 것은 불필요한 일이라고 생각한다. 사건 자체로도 홈즈의 독특한 능력을 설명하는데 충분하기 때문이다.

　당시 우리는 한 도서관 근처에서 가구 딸린 집을 얻어서 살고 있었다. 홈즈는 도서관을 서재 삼아 영국 초기 특허장에 대한 연구에 몰입하고 있었는데, 이는 따로 이야기할 가치가 있을 만큼 놀라운 결과를 가져오기도 했다.

　평화롭던 어느 날 저녁, 집으로 세인트 루크 대학의

학감 겸 강사인 힐튼 솜스 씨가 홈즈를 찾아왔다. 키가 크고 매우 마른 체격의 솜스 씨는 작은 일에도 쉽게 흥분하는 성격의 소유자였다. 이날은 유난히 흥분한 상태였는데, 그 상태로 보아 뭔가 심각한 일이 일어난 것 같았다.

"홈즈 선생, 바쁘시겠지만 잠시 시간을 내주셨으면 합니다. 우리 대학에 아주 불명예스러운 일이 생겼습니다. 홈즈 선생이 여기 와 계신 것이 얼마나 다행인지 모르겠습니다. 그렇지 않았더라면 전 어쩔 줄 몰라 하고 있었을 겁니다."

"죄송합니다. 지금 제 연구 때문에 시간이 매우 부족하답니다. 경찰에 도움을 청하시는 게 좋을 듯합니다."

홈즈는 공손한 말투로 솜스 씨의 청을 거절했다.

"경찰의 도움을 요청할 수 있는 사건이라면 여기 오지도 않았을 겁니다. 저희 대학의 명예가 걸린 사건이라서 절대로 소문이 퍼지면 안 되거든요. 홈즈 선생은 뛰어난 능력을 가졌을 뿐만 아니라 입도 무거운 분이라는 것을 잘 알고 있습니다. 제발 도와주세요, 홈즈 선생. 이렇게 부탁드리겠습니다."

솜스 씨는 간절한 목소리로 홈즈에게 간청했다. 그러

나 홈즈는 남에게 너그러움을 보이는 성격이 아니었다. 익숙하지 않는 곳에 있어서 마음의 여유도 부족했기 때문에 그는 퉁명스러운 반응을 보였다.

"그럼 일단 이야기를 들어보도록 하지요. 제가 개입할 것인지의 여부는 그 다음 결정하겠습니다."

홈즈는 어깨를 으쓱하면서 마지못해 대답했다.

"감사합니다. 일단 내일이 포테스큐 장학생 선발 시험이 시작되는 첫날이라는 것부터 말씀드리겠습니다. 저도 출제위원 중 한 명으로, 가장 먼저 치러지는 그리스어를 맡고 있습니다. 저는 학생들이 한 번도 접해 본 적이 없는 투키디데스의《전쟁사》중에서 긴 그리스어 구절 번역 문제를 냈습니다. 시험지는 이미 인쇄가 끝났고, 그동안 시험지가 밖으로 유출되지 않도록 매우 주의했습니다.

그런데 오늘 오후 3시쯤, 인쇄소에서 시험지의 교정지를 보내왔습니다. 그래서 저는 혹시 틀린 곳이 없나 확인해 보고 있었습니다. 만에 하나라도 오류가 있으면 안 되니까요. 4시 반이 지났지만 저는 그때까지도 꼼꼼히 교정을 보고 있었습니다. 그러나 친구와 약속이 있었기 때문에 교정지를 책상 위에 그대로 두고 잠시 외출을 했습니다. 그리고 한 시간 남짓 방을 비웠지요.

홈즈 선생도 아시다시피 우리 대학의 문은 녹색 천을 씌운 안쪽 문과 두꺼운 나무로 만든 바깥문으로 구성된 이중문입니다. 한 시간 정도 지나서 친구와 헤어져 다시 방으로 들어가려는데, 바깥문에 열쇠가 꽂혀 있었습니다. 저는 제가 그런 줄 알고 처음에는 별로 놀라지 않았습니다. 그런데 제 주머니를 보니 열쇠가 있더군요. 이 방문의 열쇠를 가진 사람은 배니스터와 저뿐이었기 때문에 저는 배니스터를 바로 찾았습니다. 배니스터는 10년 동안 저를 도와준 정직하고 성실한 하인입니다. 열쇠는 당연히 그의 것이었는데, 저에게 차를 갖다 주러 왔다가 깜빡 하고 그냥 갔다고 하더군요.

평소 같으면 별로 신경을 쓰지 않았겠지만, 그날은 책상 위에 시험지가 있었기 때문에 저는 몹시 당황했습니다. 방문을 열고 달려가서 책상을 보니 누군가 시험지에 손을 댔더군요. 교정지는 총 세 장이었는데, 저는 세 장을 모두 가지런히 정리해 두고 외출을 했습니다. 하지만 돌아와 보니 한 장은 바닥에, 또 한 장은 창문 옆 책상에, 나머지 한 장은 본래의 책상 위에 그대로 있었습니다."

"다시 한 번 확인하죠. 첫 번째 장은 바닥에, 두 번째 장은 창가에, 그리고 세 번째 장은 책상 위에 놓은 그대로였다는 거죠?"

홈즈가 약간의 반응을 보이며 솜스 씨에게 물었다.

"네, 그렇습니다. 정확하세요."

"슬슬 흥미가 생길 것 같군요. 계속 말씀하세요."

"저는 당연히 방 안으로 들어왔던 배니스터가 제 시험지를 훔쳐봤다고 생각했습니다. 그러나 그는 절대 그렇지 않다고 강하게 부인했습니다. 그의 표정이나 행동을 보아서 그가 범인일 것 같지는 않았습니다. 아마 누군가 방문 앞을 지나가다가 열쇠가 꽂혀 있는 것을 보고 호기심 때문에 방 안으로 들어왔을 거라고 생각했어요. 꽤 큰 액수의 장학금이 걸린 시험이었으니까 그런 욕심을 내는 것도 당연하죠.

그런데 배니스터는 이 일로 큰 충격을 받았습니다. 시험지에 손을 댄 사람이 있다는 것을 알고 매우 놀랐거든요. 기운을 잃고 의자에 앉아 있는 그에게 브랜디를 좀 갖다 주면서 주변을 샅샅이 살펴보았습니다. 구겨진 시험지, 작은 책상 위에 연필 깎은 부스러기, 부러진 연필심 등이 있었습니다. 아마 시험지를 훔쳐본 녀석은 그 내용을 베끼다가 연필심이 부러졌고, 그래서 다시 깎아서 내용을 마저 베껴 쓴 듯했습니다.”

“오! 증거를 찾으신 거군요! 다행입니다.”

사건에 점점 흥미를 느끼며 반응을 보이는 홈즈가 말했다.

“또 있습니다. 저는 붉은 색의 고급 가죽을 씌운 필기용 책상을 하나 장만했습니다. 그 책상은 작은 흠집 하나 없는 새 책상입니다. 배니스터도 잘 알고 있고요. 그런데 그 책상의 가죽이 약 7.5센티미터 정도 잘려나갔습니다. 긁힌 게 아니라 잘린 게 분명해요. 그리고 책상 위에는 진흙 같은 것이 한 덩어리 떨어져 있더군요. 톱밥처럼 보이는 것들이 섞인 작은 덩어리였습니다. 아마 시험지에 손댄 녀석이 흘리고 간 것 같았어요. 하지만 발자국 같은 중요한 증거들은 하나도 남아 있지 않았습니다. 저는 어떻게 해야 할까 곰곰이 생각하다가 홈즈 선생을 떠올렸습니다. 그래서 곧장 이곳으로 달려왔고요.

저는 지금 매우 난처한 상황입니다. 범인을 잡지 못하면 다시 시험지를 준비해야 하는데, 그렇게 되면 왜 시험지를 다시 준비해야 하는지를 설명해야 합니다. 그러면 학교 전체에 불명예스러운 스캔들이 될 겁니다.

저는 잡음 없이 조용히 그리고 현명하게 이 사건을 해결하고 싶습니다."

"좋습니다. 제가 이 사건을 맡도록 하겠습니다. 꽤 흥미 있어 보이니까요."

"오, 다행이군요. 홈즈 선생, 정말 감사합니다."

"그런데 솜스 씨, 시험지가 도착한 후에 방에 들어온 사람이 있습니까?"

"네, 제 방과 가까운 곳에 있는 다우라트 라스라는 인도인 학생이 시험에 대해 물어볼 것이 있다고 잠깐 왔습니다."

"그가 방에 들어왔을 때 시험지는 책상 위에 있었습니까?"

"네, 제가 기억하기로는 둘둘 말린 상태로 있었던 것 같습니다."

"그 종이가 시험 교정지라는 것을 그 인도 학생이 알 수 있었을까요?"

"글쎄요, 그것에 대해서는 확신할 수가 없군요."

"방에 다른 사람은 또 없었습니까?"

"네, 아무도 없었습니다."

"시험지가 방에 있다는 것을 아는 사람이 있었나요?"

"인쇄업자 말고는 아무도 몰랐을 겁니다."

"아까 말씀하신 하인 배니스터도 몰랐을까요?"

"네, 그 역시 몰랐습니다."

"지금 배니스터는 어디에 있습니까?"

"너무 놀랐는지 정신을 잃고 제 방에서 쉬고 있습니다. 홈즈 선생을 빨리 만나야겠다는 생각 때문에 그가 정신을 차릴 때까지 기다릴 수 없었으니까요."

"시험지는 잘 보관해 두고 왔나요?"

"네, 시험지는 모아서 서랍에 넣고 잠그고 왔습니다."

"그럼 사건을 정리해 보겠습니다. 만약 인도 학생이 두루마리가 시험지 교정지라는 것을 몰랐다면, 시험지에 손을 댄 사람은 우연히 시험지를 발견했겠군요."

"제 생각에도 그렇습니다."

"좋아요. 왓슨, 자네는 굳이 안 가도 될 것 같지만 함께 가고 싶다면 말리진 않겠네. 몸보다는 머리를 써야 하는 사건 같으니까. 솜스 씨, 길을 안내해 주십시오."

홈즈는 이해할 수 없는 미소를 지으면서 코트를 들고 솜스 씨의 뒤를 따라 방을 나섰다. 학교 입구에 있는 아치 모양의 고딕 스타일 문을 지나자 오래 되어서 닳아진 돌층계가 나왔다. 돌층계를 지나 솜스 씨가 살고 있는 건물 앞에 도착했다. 그의 방은 1층에 있었으며, 위에는 한 층에 한 명씩 총 세 명의 학생이 살고 있었다. 현장에 도착하자 이미 해가 저물고 있었다. 홈즈는 밖에서 솜스 씨의 방을 살펴보았다.

"홈즈 선생, 범인은 아마 문으로 들어갔을 겁니다. 이렇게 좁은 창문으로 사람이 들어갈 수는 없으니까요. 그렇죠?"

솜스 씨는 홈즈에게 동의를 구하며 물었다.

"그렇겠군요. 자, 이제 방 안으로 들어가 봅시다."

솜스 씨는 바깥문을 열고 우리를 방으로 안내했다. 홈즈는 카펫을 조사했고, 솜스 씨와 나는 방 입구에 가만히 서 있었다. 솜스 씨의 방은 가로로 긴 격자창이 있고, 창 밖에는 이끼로 가득한 정원이 보였다.

"카펫 위에는 흔적이 전혀 없군요. 이렇게 날씨가 건조하니 어쩔 수 없는 일이겠지만. 배니스터는 정신을 차리고 간 것 같군요. 아까 그냥 놔두고 왔다고 했는데 지금은 자리에 없으니까요. 배니스터가 정신을 잃고 앉아 있던 의자는 어느 것입니까?"

"저쪽 창가에 있는 의자에 눕혔습니다."

"오, 작은 책상이 있는 저곳인가요? 좀 살펴보는 게

좋겠군요. 카펫은 다 조사했으니 모두 들어오세요. 이곳에서 어떤 일이 있었는지는 아주 간단합니다. 범인은 방에 들어와서 시험지를 한 장씩 가져다가 가운데 책상에서 그 내용을 베꼈습니다. 그 책상 옆에는 창문이 있어 솜스 씨가 오는 것을 볼 수 있다고 생각했으니까요. 솜스 씨가 오는 것을 보면 바로 도망칠 준비를 한 듯합니다.”

“하지만 제가 오는 건 볼 수 없었을 겁니다. 저는 이 정원을 통해서 오지 않고 옆문을 통해서 왔으니까요.”

“결과적으로 매우 현명한 행동이었죠. 범인이 몹시 당황했을 테니까요. 자, 그럼 이번에는 시험지를 살펴보죠. 일단 시험지에 손가락 자국은 없군요. 이 시험지를 가장 먼저 베꼈군요. 아마 한 장을 베껴 쓰기 위해서는 아무리 빨라도 15분은 걸렸을 겁니다. 마음이 급했기 때문에 다 쓰면 시험지를 바닥으로 밀어버린 거죠. 겨우 한 장을 베껴 썼는데 솜스 씨가 들어왔고, 범인은 놀라서 서둘러 도망갔습니다. 시험지를 원래 자리에 두는 것조차 잊어버릴 정도로 마음이 급했던 거죠. 혹시 바깥문을 열면서 발자국 소리는 못 들으셨나요?”

“네, 전혀 못 들었습니다.”

“그렇군요. 범인은 연필심이 부러질 정도로 정신없이 날려 썼습니다. 아까 말씀하셨던 것처럼 연필심이 부러져 다시 깎기도 했고요. 그런데 여기 아주 흥미로운 게 있습니다. 범인이 쓴 연필은 보통 연필이 아닙니다. 보통 연필보다 좀 크고 심이 물렁하며 짙은 청색이군요. 제조사의 이름은 은박으로 찍혀 있고, 4센티미터 정도 되는 몽당연필입니다. 이 연필 주인을 찾아내면 범인도 알 수 있습니다. 참, 범인은 날이 무디지만 큰 칼도 가지고 있군요.”

“다른 것은 이해가 갑니다만 몽당연필이라는 것을 어떻게 알 수 있지요?”

솜스 씨는 홈즈가 말하는 증거들에 혼란스러워하면서 물었다.

“이게 뭔지 알고 있습니까?”

홈즈는 연필을 깎은 부스러기들 중에서 ‘NN’이라고 쓰여 있는 것을 집어 들었다.

“전 잘 모르겠습니다. 대체 이게 뭔지…….”

“이 정도로 말씀드렸는데도 모르시다니. 모든 것을 설명해야 하는 사람은 왓슨 박사만이 아니었군요. 영국에서 가장 큰 연필 제조사는 ‘조한 파버 Johann

Faber'라는 회사입니다. 그런데 'NN'이라는 글자가 깎이려면 연필의 길이가 얼마나 남아 있어야 할까요? 그래서 몽당연필이라고 한 겁니다."

홈즈는 말을 잠시 멈추더니 작은 책상을 전깃불 아래로 가져왔다.

"범인이 얇은 종이에 베껴 썼더라면 책상 표면에 흔적이 남았을 텐데, 아쉽게도 그런 것 같지는 않군요. 이제 가운데 책상으로 가봅시다. 이 작은 덩어리가 아까 말씀하신 것이군요. 삼각뿔 모양으로 생겼는데 가운데가 패어 있고 톱밥도 섞여 있군요. 점점 흥미 있어지는군요. 여기 가죽이 잘린 부분을 잘 살펴보면, 처음에는 가늘게 긁힌 자국에서 너덜거리는 구멍으로 끝납니다. 이런 재미있는 사건을 제가 맡게 해주시다니 정말 감사하기까지 한걸요. 그런데 저쪽의 문은 어디로 연결되는 겁니까?"

"제 침실로 가는 문입니다."

"시험지에 문제가 생긴 뒤 침실에 들어가 봤나요?"

"아뇨, 말씀드린 대로 홈즈 선생에게 바로 갔습니다."

"제가 한 번 둘러보도록 하겠습니다. 제가 살펴보는 동안 두 분은 여기 잠시만 계십시오. 이 커튼 뒤에는 옷을 걸어놓고 있군요. 누군가 이 방에 왔다면 커튼 뒤에 숨었을 겁니다. 침대와 옷장 쪽에는 숨을 수 없었을 테니까요. 지금은 아무도 없군요."

홈즈는 긴장한 표정으로 커튼을 매우 조심스럽게 열었다. 그는 비상사태에 대비한 듯했지만, 커튼 뒤에는 서너 벌의 옷만 걸려 있을 뿐 아무도 없었다. 홈즈는 그 안을 살펴보다가 허리를 굽혀 무언가를 찾아냈다.

"오, 이게 뭘까요?"

홈즈가 주운 것은 책상 위에 있던 삼각뿔 모양의 덩어리였다. 환한 불빛 아래서 홈즈는 그것을 꼼꼼하게 살펴보았다.

"솜스 씨, 우리의 친절한 범인은 거실 말고 침실에도 흔적을 남겨두었군요."

"대체 범인이 침실에는 왜 갔을까요?"

"쉽게 상상할 수 있는 일이죠. 솜스 씨가 창문에 보이지도 않았는데 갑자기 나타났기 때문에 범인은 방문이 열리자 소스라치게 놀랐죠. 그래서 재빨리 자신의 물건들을 들고 침실로 숨어든 겁니다."

"홈즈 선생, 그렇다면 제가 배니스터와 이야기하고 있을 때 침실로 들어갔다면 범인을 잡을 가능성도 있었다는 건가요? 이럴 수가!"

"제 생각은 그렇습니다. 안타깝군요."

"이렇게 생각해 보면 어떨까요? 침실 창문은 격자창으로 되어 있는데, 여닫이로 세 짝이나 됩니다. 사람이 드나들 만큼 충분히 크지요. 혹시 범인이 그 창문으로 들어와 거실에서 범죄를 저지른 뒤 열려 있는 방문으로 나간 것은 아닐까요?"

"솜스 씨, 사건은 현실적으로 생각해야 합니다. 이쪽 계단을 이용하는 학생들은 모두 솜스 씨의 방문 앞을 지나가나요?"

"네, 모두 지나갑니다."

"세 학생들 모두 내일 시험을 보나요?"

"네, 모두 응시할 예정입니다."

"혹시 셋 중에서 의심이 갈 만한 행동을 한 학생은 없나요?"

"홈즈 선생, 저는 교육자입니다. 근거도 없이 추측만으로 학생을 의심할 수는 없습니다."

"그럼 학생들에 대해서 간단하게 설명해 주십시오. 근거는 제가 찾아보도록 하겠습니다."

"좋습니다. 그렇게 하죠. 일단 2층 방의 길크리스트

는 공부뿐만 아니라 운동도 잘하는 훌륭하고 남자다운 학생입니다. 우리 대학에서 럭비 팀와 크리켓 팀에서 활약하고 있고, 멀리뛰기와 장애물 달리기 경주 선수이기도 합니다. 돌아가신 그의 아버지는 경마로 패가망신한 자베즈 길크리스트 경이고요. 경제적으로는 좀 어려운 것이 사실이지만 근면하여 전도가 유망한 학생이기도 합니다.

3층 방의 다우라트 라스는 아까 말씀드린 인도 출신 학생입니다. 대부분의 인도인들처럼 그 역시 조용하고 신비스러운 모습을 가지고 있어요. 성적은 전체적으로 뛰어난 편이지만, 그리스어에는 유난히 약한 편입니다. 착실하고 꼼꼼한 성격이라서 제가 좋아하는 학생들 중 하나입니다.

맨 위층에는 마일즈 맥클라렌의 방이 있습니다. 그는 아마 학교 전체에서 최고의 두뇌를 가지고 있을 겁니다. 마음만 먹으면 최고의 성적도 낼 수 있지만, 변덕스러운 데다가 무절제하고 방종한 성격을 가지고 있죠. 대학 1학년 때는 카드 스캔들 때문에 퇴학당할 뻔했고, 이번 학기에도 빈둥빈둥 놀았던 것으로 알려져 있습니다. 아마 시험 때문에 많이 걱정하고 있을 거고요."

“그렇다면 가장 의심스러운 학생은 누구일까요?”

“의심스럽다고 하기에는 좀 그렇지만, 조심스럽게 말씀드리자면 맥클라렌이 제일 가능성이 있을 것 같습니다. 순전히 제 주관적인 생각이니까 오해하지 말아주십시오.”

“참고만 하겠습니다. 이제는 배니스터를 만나보고 싶군요. 불러주시겠습니까?”

솜스 씨가 부르자 배니스터는 곧장 방으로 들어왔다. 얼굴은 통통하고 하얀 편이었으며 면도를 깨끗하게 해 깔끔한 인상을 주는 남자였다. 흰머리가 섞인 것으로 보아 50대 정도 된 듯했으며, 아까의 일 때문에 괴로워하는 듯했다. 그의 표정은 매우 불안해 보였으며, 두 손은 덜덜 떨고 있었다.

“배니스터, 내가 홈즈 선생에게 이 사건을 부탁드렸다네. 이분이 물어보는 것은 무엇이든 대답해 드리게.”

솜스 씨가 부드러운 목소리로 말했다.

“배니스터, 솜스 씨에게 들은 내용으로는 열쇠를 문에 꽂아두었다고 하던데 사실인가?”

“네, 너무 죄송하게도 그런 실수를 하고 말았습니다.”

“그런데 좀 이상하군. 왜 하필이면 시험지가 오는 오

늘 같은 날 그런 일이 벌어진 걸까?”

“제가 건망증이 좀 있습니다. 예전에도 그런 실수를 몇 번 한 적이 있고요.”

“그렇군. 이 방에는 몇 시쯤 들어왔나?”

“4시 반 정도 되었을 때였습니다. 솜스 씨가 차를 드실 시간이었으니까요.”

“방에 들어와서 얼마나 있었지?”

“금방 나갔습니다. 솜스 씨가 방에 안 계셨으니까요.”

“그럼 책상 위에 있던 시험지는 봤나?”

“아뇨, 보지 못했습니다.”

“알겠네. 그럼 열쇠를 꽂아둔 채 가버린 상황을 좀 이야기해 주게.”

“손에 찻잔이 담긴 쟁반을 들고 있었기 때문에 꽂아둔 채 가게 되었습니다. 다시 와서 열쇠를 가져가려고 했는데, 또 깜빡하고 만 겁니다.”

“그럼 바깥문이 계속 열려 있었던 건가?”

“네, 그렇습니다.”

“그렇다면 방에 있던 사람이 나갈 수도 있었겠군. 그렇지?”

“네, 홈즈 선생님 말이 맞습니다.”

“솜스 씨가 돌아와서 사건에 대해 이야기했을 때 굉장히 놀랐다고 들었는데 사실인가?”

“네, 저는 정말 깜짝 놀랐습니다. 저 때문이라는 생각도 들었고요. 이런 일이 처음이었기 때문에 거의 기절할 뻔했습니다.”

“그렇게 들었네. 현기증이 났을 때 어디 있었나?”

“저요? 글쎄요. 이쪽 출입문 근처에 있었던 것 같습니다.”

“거참 이상하군. 자네는 문 근처에 있었는데 앉아서 쉰 곳은 저쪽 방구석에 있는 의자라니. 다른 의자들을 두고 저곳까지 가서 앉은 이유는 뭔가?”

“저도 모르겠습니다. 저도 제정신이 아니라서 무슨 생각이었는지 모르겠고요.”

“홈즈 선생, 저는 배니스터가 이 사건에 대해서 아무것도 모른다고 생각합니다. 게다가 지금 안색을 보면 또 기절을 할까 봐 몹시 걱정이 되는군요.”

솜스 씨가 중간에 끼어들어 배니스터를 걱정하는 듯한 목소리로 말했다.

“자네는 솜스 씨가 방을 나간 뒤에 여기에 얼마나 있었나?”

“한 1분 정도가 지난 후에 자리에서 일어나 방문을
잠그고 제 방으로 갔습니다.”
“자네는 이 건물에 사는 세 명의 학생들 중에서 누가
제일 의심스러운가?”
“홈즈 선생님, 저는 대답할 수 없습니다. 이 대학에
있는 신사들이 그런 불명예스러운 짓을 할 것이라고는
생각하지 않아요. 절대 그럴 리가 없습니다.”
“당연히 그렇겠지. 참, 위층에 사는 세 명의 신사들
중에 이 사건에 대해 알고 있는 사람이 있나?”
“아니오, 모릅니다. 저는 사건에 대해 아무에게도 말하
지 않았습니다.”
“그럼 세 명 중 만난 사람이 아무도 없다는 건가?”
“네, 그렇습니다. 아무도 못 봤어요.”
“알았네. 대답하느라 수고했어. 솜스 씨, 잠시 안뜰을
산책하는 게 어떻겠습니까?”
우리는 정원을 잠시 산책했고, 사방이 점점 어두워지
고 있었다. 솜스 씨가 사는 건물 위쪽의 세 창문에서는
모두 노란색 빛이 새어나오고 있었다.
“세 명의 학생들이 모두 집에 있군요.”
홈즈는 건물의 창문을 올려다보면서 말했다.

“오, 웬일인지 한 사람은 좀 불안해 보이는군.”

그 방은 인도 학생이 있는 곳으로, 검은 그림자가 커튼 위로 나타났고 검은 그림자는 방 안을 빠른 걸음으로 왔다 갔다 하고 있었다.

“솜스 씨, 학생들의 방을 한 번씩 볼 수 있을까요?”

“물론입니다. 이 건물은 우리 대학 내에서 가장 오래된 곳이기 때문에 방문객들이 구경하러 가끔 오곤 합니다. 제가 직접 안내할 테니 가시죠.”

“다행이군요. 학생들과 마주치게 되더라도 제 이름은 밝히지 말아주십시오.”

길크리스트의 방문을 두드리자 빛나는 갈색 머리에 늘씬하고 키가 큰 젊은이가 나왔다. 그는 우리를 반갑게 맞아주었는데, 방 안은 보기 드문 영국식 중세 건축 양식이었다. 홈즈는 매우 감탄하면서 그 중 일부를 스케치하려고 했으나 연필이 부러졌고, 어쩔 수 없이 그 방의 학생에게 연필을 한 자루 빌려야 했다. 그러나 또 다시 연필이 부러져 칼을 빌려서 자신의 연필을 깎기도 했다.

키가 작고 매부리코를 한 인도 학생의 방에서도 같은 일이 벌어졌다. 그는 홈즈의 건축물 연구가 끝났다고 말하자 눈에 보이게 좋아했다. 나는 홈즈가 어떤 증거를 찾았는지 몹시 궁금했지만 그의 표정으로는 아무것도 알 수 없었다.

우리는 마지막으로 맨 위층에 있는 학생의 방으로 갔지만 그 방에는 발도 들여놓을 수 없었다. 문을 두드리자 방 안에 있던 학생이 거칠게 욕을 하면서 소리를 질렀기 때문이다.

"내일이 시험인데 이렇게 방해를 하다니! 누구든 지옥으로 가버려!"

몹시 화가 났는지 학생은 방이 떠나가도록 큰 소리로 말했다.

"정말 무례한 학생이군요. 죄송합니다. 물론 제가 두드렸으리라는 것을 몰랐으니 저런 말을 했겠지만, 그래도 정말 괘씸하네요. 의심이 가기도 하고요."

솜스 씨는 매우 화가 났는지 얼굴이 붉어진 채로 말했다.

"혹시 맥클라렌의 키가 어느 정도나 되는지 알고 있나요?"

홈즈는 재미있어 하는 표정으로 물었다.

"정확히는 모르지만, 인도 학생보다는 크고 길크리스

트보다 작은 건 분명해요. 165센티미터 정도 되지 않을
까 싶습니다.”

“그렇군요. 키는 이 사건에서 몹시 중요한 부분이랍
니다. 그럼 솜스 씨, 전 이만 돌아가겠습니다. 안녕히
계세요.”

“홈즈 선생, 이렇게 가버리시는 건 아니겠죠? 시험은
당장 내일입니다. 시험을 칠 것인지 말 것인지 지금 당
장 결정을 내려야 해요. 절대 가벼운 상황이 아닙니다.”

솜스 씨는 놀라고 화가 난 목소리로 말했다.

“이대로 그냥 두십시오. 제가 내일 아침 일찍 와서 말
씀드리겠습니다. 어떤 행동을 하라고 말할 수도 있을
겁니다. 하지만 그때까지는 아무런 행동도 취하지 마십
시오.”

홈즈는 온건하지만 단호한 목소리로 말했다.

“알겠습니다. 그렇게 하지요.”

“마음 놓으셔도 될 겁니다. 참, 진흙덩이와 연필 부스
러기는 제가 가져가도록 하겠습니다. 그럼 쉬십시오.”

집으로 돌아가기 위해 정원으로 나와서 홈즈는 다시
건물의 창문을 올려다보았다. 다른 학생들은 보이지 않
았지만, 인도 학생은 여전히 서성거리고 있었다.

“사실 이 사건은 세 장의 카드로 하는 간단한 게임이야. 저기 세 학생이 있고, 범인은 그 중 한 명이야. 왓슨, 자네는 범인이 누구라고 생각하나?”

큰길로 걸어가면서 홈즈가 나에게 물었다.

“얼굴을 못 봤지만 맨 위층에서 우리에게 욕을 퍼부은 맥클라렌이 제일 수상하네. 품행도 나쁜 것 같고. 하지만 인도 학생도 몹시 수상해. 왜 저렇게 저녁 내내 서성거리고 있을까?”

“다음 날 중요한 시험이 있는데, 낯선 사람들이 찾아온다면 자네라도 그렇게 하지 않을까? 인도 학생의 경우도 그래. 중요한 내용을 외울 때는 저렇게 왔다 갔다 하는 경우도 있다네. 연필이나 칼도 범인과는 거리가 멀다네. 하지만 한 명 정말 이상한 사람이 있지.”

“누구를 말하는 건가?”

“배니스터라는 하인 말이야. 대체 무슨 의도를 가지고 있는 건지 모르겠군.”

“그자가 수상해 보이던가? 법 없이도 살 만큼 정직한 얼굴이던데.”

“나도 그렇게 봤다네. 그래서 더 이상하다는 거야. 왜 그렇게 성실하고 정직한 사람이 이런 일을…… 오, 저쪽에 문방구가 하나 있군. 저기부터 조사하면 될 거야.”

이곳에 문방구는 총 네 군데였는데, 홈즈는 네 군데를 모두 돌아다니면서 연필 깎은 부스러기를 보여주며 똑같은 연필을 주면 후한 값에 사겠다고 말했다. 문방구 주인들은 모두 주문을 해야 한다고 말하면서 특대형 연필이라 재고가 없다고 안타까워했다. 홈즈는 이러한 대답을 듣고도 전혀 실망하지 않았으며, 계속 우스꽝스러운 표정을 짓고 있었다.

“왓슨, 힘들게 다녔는데 성과는 전혀 없군. 결정적인 단서였는데 말이야. 하지만 이런 게 없어도 난 이 사건을 완벽하게 해결할 수 있지. 오, 벌써 9시가 다 되어가는군. 하숙집 아주머니가 7시 반에 저녁을 준다고 했는데 시간이 이렇게 되어버렸다니. 우리는 담배까지 피우고 있어서 집에서 같이 쫓겨날지도 모르겠군. 하지만 그 전에 이 사건은 해결될 걸세.”

우리는 집으로 돌아가 늦은 식사를 마쳤고, 홈즈는 식사 후 한동안 생각에 잠겨 있었다. 다음 날 아침, 8시 정도 되어 내가 막 자리에서 일어나자 홈즈가 내 방으로 들어왔다.

“왓슨, 지금 세인트 루크 대학에 가야 한다네. 아침은 좀 늦게 먹어도 되겠지?"

"물론이네. 서둘러야겠군. 솜스 씨는 불안에 떨고 있을 텐데, 자네는 사건을 해결한 건가?"

"그런 것 같군. 수수께끼를 풀었으니까 말이야."

"어젯밤부터 지금까지 달라진 게 아무것도 없지 않은가?"

"왓슨, 나는 아침 6시에 일어나 열심히 단서를 찾았다네. 두 시간 동안 전력을 다해 조사하고 8킬로미터 정도 걸으면서 사건에 도움이 될 만한 것들을 찾았지. 이걸 보게."

홈즈는 나에게 조심스럽게 손을 내밀었다. 손바닥에는 작은 삼각뿔 모양의 진흙덩이가 세 개 있었다.

"원래 두 개가 아니었나? 왜 세 개가 되었지?"

"오늘 아침에 하나를 주웠다네. 증거 3호는 증거 1호와 2호와 같은 데서 와야 하는 것이니까. 이제 솜스 씨의 걱정을 덜어주러 가자고."

우리가 솜스 씨의 방에 도착했을 때, 그의 안색은 몹시 좋지 않았다. 시험이 몇 시간 후에 시작되는데, 사건은 아무런 진척이 없었기 때문이었다. 그래서 홈즈가 도착했을 때 그는 두 팔을 벌리며 반가워했다.

"오, 드디어 와주셨군요! 혹시 홈즈 선생이 이 사건을
포기한 것은 아닐까 밤새 걱정했습니다. 이제 어떻게
할까요? 시험은 그냥 진행시켜야 할까요?"

"네, 시험은 예정대로 진행하세요."

"그 나쁜 녀석은 어떻게 하고요? 불공정한 시험이 될
텐데요."

"범인은 시험을 보지 않을 겁니다. 포기할 테니까요."

"정말인가요? 범인이 누구인지 알아내신 겁니까?"

"네, 그런 것 같습니다. 하지만 경찰에 알리지 않는다
고 해도 이 사건은 우리의 작은 법정에서 해결될 겁니
다. 자, 우리 모두 재판관이 되어 사건을 해결합시다.
솜스 씨는 그쪽에, 왓슨 박사는 이쪽에 앉게. 저는 여기
안락의자에 앉겠습니다. 이만하면 죄책감을 가진 사람
에게 겁을 줄 수 있겠군요. 솜스 씨, 이제 종을 울려주
십시오."

종이 울리자 얼마 지나지 않아 배니스터가 방으로 들
어왔다. 그는 우리의 모습을 보고 놀랐는지 뒷걸음질을
치면서 당황해 했다.

"자, 배니스터! 어제 일을 사실대로 말해 주게."

"홈즈 선생님, 저는 다 말씀드렸는데요."

배니스터는 얼굴이 하얗게 질린 채로 대답했다.

"더 할 말이 없다는 뜻인가?"

"네, 없습니다."

"좋아, 그럼 내가 말하지. 배니스터 자네는 어제 방에 들어온 사람의 정체를 알 수 있는 물건을 숨겨주기 위해 저 의자에 앉았네. 비틀거리면서 일부러 저 의자까지 간 거지."

"그럴 리가요. 절대 그렇지 않습니다."

"그냥 내 생각일 뿐이니 그렇게 두려워하지 않아도 되네."

홈즈는 따뜻한 목소리로 말했다.

"내 말을 증명할 수 있는 건 아무것도 없네. 하지만 그럴 가능성이 높다는 건 사실이야. 솜스 씨가 나가자마자 당신은 범인을 침실에서 내보냈으니까."

"홈즈 선생님, 저 방에는 아무도 없었습니다."

"저런, 이번에는 거짓말을 하고 있군. 아까는 사실을 말한 것 같은데."

"다시 한 번 말씀드리지만 저 방에는 아무도 없었습니다."

배니스터는 반항하는 듯한 거친 목소리로 대답했다.

"그렇다면 자네와는 더 이상 할 말이 없겠군. 잠깐 저쪽 침실 문 옆에서 기다려주겠나? 솜스 씨, 죄송하지만 길크리스트 군의 방으로 가서 여기로 와달라고 해주십시오."

솜스 씨는 잠시 후 길크리스트를 데리고 왔다. 그는 어제 본 것처럼 늘씬한 미남형으로, 민첩한 행동과 탄력 있는 걸음걸이로 누구나 호감을 가질 수 있는 학생이었다. 그는 번민이 가득한 눈으로 우리를 바라보았는데, 조금 떨어진 곳에 있는 배니스터의 멍한 얼굴에 눈길이 머물러 있었다.

"길크리스트 군, 방문을 닫아주게나. 여기에는 우리뿐이고 지금 하는 이야기들은 더 이상 알려지지 않을 거야. 그러니 서로 솔직하게 이야기했으면 하네. 자네는 매우 훌륭한 학생인데 어제는 어쩌다가 그런 일을 저지른 건가?"

길크리스트는 비틀거리면서 뒤로 한 걸음 물러섰다. 두려움이 가득한 얼굴도 잠시, 그는 비난 어린 시선으로 배니스터를 노려보았다.

"도련님, 전 아무 말도 하지 않았습니다. 제발 믿어주세요."

배니스터가 안타까운 목소리로 외쳤다.

"사실이야. 배니스터는 아무 말도 하지 않았지. 하지만 지금 한 마디 했군. 이제는 더 이상 숨겨도 소용이 없다는 걸 알겠지. 자, 솔직하게 고백하게."

홈즈가 날카로운 눈빛으로 길크리스트에게 말했다. 그때, 길크리스트는 표정이 일그러지더니 책상 옆에 무릎을 꿇었다. 그리고 두 손에 얼굴을 묻은 채 어깨를 들썩이며 흐느끼기 시작했다.

"진정하게. 사람이라면 누구나 실수할 수 있지. 자네를 범죄자로 몰고 갈 사람은 없으니 걱정하지 않아도 되네. 사건의 전모는 자네보다 내가 말하는 게 낫겠군. 혹시 틀린 부분이 있으면 자네가 고쳐주게나. 틀린 말을 할 때는 가차 없이 지적해 주고.

솜스 씨, 시험지가 도착했다는 사실을 배니스터 씨조차도 몰랐을 것이라는 말을 듣자 저는 사건이 구체적으로 이해되었습니다. 인쇄업자는 이미 충분히 시험지를 보았을 테니 용의자가 될 수 없었고, 두루마리 상태에서는 무엇인지 알 수 없으니 인도 학생도 용의자가 될 수 없었죠. 그리고 시험지가 있을 때 우연히 누가 들어왔다는 것도 현실적으로는 어려운 추론입니다. 방에 들

어온 사람은 시험지가 있다는 사실을 이미 알고 있었어
요. 그것은 어떻게 알았을까요?”

저는 밖에서 이 방을 꼼꼼하게 살펴보았습니다. 창문
앞을 지날 때 방 안을 들여다보고 시험지가 있다는 것
을 확인하기 위해서 키가 얼마나 되어야 하는지를 알기
위해서였죠. 제 키가 180센티미터인데, 발꿈치를 들어
야 겨우 볼 수 있더군요. 그러니 세 학생 중에서 저보다
키가 큰 학생이 범인일 것이라고 생각했습니다.

이 방에 들어온 뒤 저는 쓸 만한 증거를 찾았습니다.
그런데 솜스 씨가 길크리스트 학생이 멀리뛰기 학생이
라는 말을 했죠. 그 순간, 저는 사건이 어떻게 발생한
것인지 모두 알 수 있었습니다. 뒷받침할 수 있는 증거
가 필요했는데 다행히도 구할 수 있었고요.

자, 이제 사건에 대해 말씀드리겠습니다. 어제 오후,
길크리스트 군은 운동장에서 멀리뛰기 연습을 했습니
다. 그리고 뾰족한 스파이크가 바닥에 박혀 있는 점프
화를 손에 들고 돌아왔습니다. 그런데 이 방 앞을 지나
다가 책상 위에 놓인 교정지를 발견하게 되었습니다.
물론 무엇인지도 충분히 알 수 있었죠. 그리고는 방문
을 지나가는데, 솜스 씨의 하인이 꽂아두고 간 열쇠를

보고 말았습니다. 아마 그 열쇠만 아니었어도 길크리스트 군이 그런 마음을 먹지는 않았을 거예요. 길크리스트 군은 시험지가 맞는지 확인해 보고 싶었습니다. 누군가 보더라도 우연히 들렀다고 말하면 의심을 사지 않을 테니까요.

방 안에 들어가서 진짜 시험지라는 것을 알고 난 뒤, 길크리스트 군은 악마의 유혹에 넘어가고 말았습니다. 작은 책상 위에는 신발을 올려놓았고, 창가의 의자에도 무언가를 올려놓았습니다. 그게 뭐였지?”

“제 장갑이었습니다.”

길크리스트 군은 고개를 숙인 채로 대답했다.

“그리고 학생은 교정지를 한 장씩 베꼈습니다. 솜스 씨가 정문으로 오면 그 모습이 보일 테니 그때 도망가면 된다고 생각했죠. 하지만 솜스 씨는 옆문으로 들어왔고, 길크리스트 군은 방문을 여는 소리에 몹시 당황했습니다. 그래서 장갑을 깜빡한 채로 신발만 들고 재빨리 침실로 들어갔습니다. 책상 위의 상처는 신발 스파이크가 낸 상처입니다. 침실 방향으로 가면서 그 흔적이 깊게 패인 것으로 알 수 있죠. 그러면서 스파이크 주위에 있던 흙들이 책상 위와 침실에 떨어진 겁니다.

저는 오늘 아침 운동장에 있는 멀리뛰기 도약용 모래사장에 갔다 왔습니다. 그곳에 검은 흙이 있는 것을 보고 좀 가져왔습니다. 멀리뛰기를 할 때 미끄러짐을 방지할 수 있도록 뿌려놓은 톱밥 같은 것도 함께 가져왔죠. 길크리스트 군, 내 말에 틀린 부분이 있나?"

"아니오, 모두 사실입니다."

"할 말이 있으면 하도록 하게."

"사실 드릴 말씀이 있어서 편지를 한 통 써서 가져왔는데, 이렇게 발각당하고 나니 충격에 정신을 못 차리고 있었습니다. 솜스 교수님! 밤새 한숨도 못 자고 쓴 편지입니다. 제 잘못이 탄로 났다는 것을 알기 전에 쓴 것으로, 보시면 알겠지만 저는 시험을 치르지 않고 로디지아(아프리카 남부 내륙 국가로 현재 잠비아 공화국, 당시 영국 식민지-옮긴이)로 떠나기로 했습니다. 경찰에서 위임장도 이미 받았습니다."

"부정한 방법으로는 이익을 얻지 않겠다니 정말 다행이군."

솜스 씨가 만족스러운 듯이 말했다.

"그런데 갑자기 그런 결정을 내린 이유는 뭔가?"

"저에게 올바른 길을 가르쳐준 사람 때문입니다."

길크리스트는 배니스터를 가리키며 말했다.

"이 학생을 밖으로 내보낼 수 있었던 사람은 배니스터 자네뿐이었지. 그가 나간 뒤 자네는 문을 잠그고 나갔을 것이고. 그런데 자네는 왜 길크리스트 군을 도와준 건가? 그 수수께끼는 나도 풀 수 없었네."

홈즈는 고개를 갸웃거리며 말했다.

"홈즈 선생님이 아무리 지혜롭다 해도 알 수 없는 부분일 겁니다. 사실 저는 오래 전에 도련님의 아버지인 자베즈 길크리스트 경의 집사였습니다. 그분이 돌아가시고 집안이 어려워지면서 저는 이곳으로 왔지만, 길크리스트 경에 대한 마음은 변함이 없었습니다. 그래서 최선을 다해서 그분의 아드님인 도련님을 보살폈습니다.

그런데 어제 솜스 교수님의 호출을 받고 이 방에 들어왔을 때, 제 눈에 가장 먼저 들어온 것은 도련님의 장갑이었습니다. 저는 그 장갑이 의미하는 바를 알았기 때문에 솜스 교수님의 눈에 띄기 전에 털썩 주저앉았습니다. 교수님이 나가실 때까지 꼼짝도 하지 않은 것은 당연한 일이었죠. 교수님이 나가신 뒤, 저는 도련님을 침실에서 나오게 했고 자초지종을 모두 들었습니다. 저는 도련님에게 잘못된 행동으로 이익을 취해서는 안 된다고 말씀드렸습니다. 아마 길크리스트 경이 살아계셨어도 저와 같은 말을 하셨을 겁니다. 제가 많이 잘못한 걸까요?"

"아닐세, 배니스터! 자네는 잘못한 게 없네."

홈즈는 진심 어린 목소리로 말하며 자리에서 일어났다.

"솜스 씨, 이 문제는 무사히 해결된 것 같군요. 아직 아침 식사를 하지 않았으니 왓슨과 저는 빨리 집으로 가야 할 것 같습니다. 길크리스트 군, 자네는 훌륭한 경험을 했으니 로디지아에서 어떤 일도 잘 해낼 수 있을 거야. 자네가 얼마나 성공할 수 있는지 지켜볼 테니 앞으로 열심히 살게."

악마의 발

The adventure of the devil's foot

홈즈와 오랫동안 가까운 사이로 지내면서 나는 기이한 경험과 인상적인 이야기들을 책으로 펴내곤 했다. 그러나 사람들한테 이름이 알려지는 것을 못마땅해 하는 홈즈의 성격으로 인해 나는 곤란한 적이 많았다. 냉소적인 성격을 가지고 있는 그에게 대중의 환호는 언제나 불쾌한 것으로 받아들여졌다. 사건이 종결되고 그 결과를 발표하는 일을 경찰에게 떠넘긴 후, 사건 해결과 전혀 관계없는 경찰에게 축하 인사가 쏟아지는 걸 조소를 머금고 바라보는 일, 그것이 바로 홈즈가 가장 즐기는 역할이었다.

최근 내가 홈즈의 활약을 출판하는 일이 다소 줄어든 것은 소재가 부족하기 때문이 아니라 홈즈의 이러한 태도 때문이었다. 그래서 지난 주 화요일, 홈즈에게서 갑자기 다음과 같은 전보가 왔을 때 나는 매우 놀랐다.

내가 다룬 사건 중에서 콘월에서 있었던 일에 대해서 써 보는 건 어떻겠나? 개인적으로 그동안의 사건 중 가장 기괴하다고 생각한다네.

홈즈가 어떤 사건을 생각하다가 갑자기 그 사건을 떠올린 것인지, 아니면 종잡을 수 없는 그의 변덕스러운 성격 때문에 그 사건을 발표하고 싶었던 것인지는 알 수 없다. 하지만 그가 그만두라고 하기 전에 어서 사건 기록을 발표해야겠다는 생각을 했고, 사건의 자세한 내용이 담긴 노트를 바쁘게 찾았다.

그 사건에 대해 처음 접하게 된 것은 1897년의 어느 봄날이었다. 강철 같은 체력을 가진 홈즈도 피로가 누적되었는지 몸살로 앓아눕고 말았다. 이는 자신의 건강에 대해 전혀 신경 쓰지 않는 그의 평소 습관 때문이었을 것이다. 그해 3월, 할리 가의 무어 애거 박사(홈즈와 박사와의 만남은 그야말로 극적이다. 언젠가는 이에 대해 설명할 기회가 있을 것이다.)는 영국을 대표하는 탐정인 홈즈에게 더 이상 건강을 악화시키고 싶지 않으면 사건에서 완전히 손을 떼라는 명령을 내렸다.

　홈즈는 건강에 대해서는 관심이 없었지만, 몸져눕기라도 한다면 탐정 활동을 접어야 한다고 생각했기 때문에 이 협박 아닌 협박에 못 이기는 척 공기 좋은 곳으로 요양을 가기로 결정했다. 이러한 이유로 홈즈와 나는 콘월 반도의 가장자리에 있는 폴두 만의 작은 농가에서 오붓한 휴식을 가지게 되었다.

　그곳은 매우 독특한 개성을 가지고 있는 곳으로, 홈즈의 고집스런 성격과도 잘 어울리는 곳이었다. 우리가 머물게 된 농가는 하얗게 회칠을 한 곳으로, 풀이 무성한 곳 뒤에 우뚝 서 있었다. 창가에 서면 불길해 보이는 반달 모양의 마운츠 만이 한눈에 보였는데, 이곳은 옛날부터 항해하는 선박들에게 죽음의 함정으로 불리기도 했다. 실제로 파도가 세차게 몰아치는 모래톱과 검은 절벽 가장자리에서는 수많은 뱃사람들이 아까운 목숨을 잃었다.

　북쪽에서 부드러운 바람이 불어올 때는 더없이 평화롭고 아늑한 곳이었기 때문에 폭풍에 시달린 선박들은 휴식을 취하기 위해 이곳에 배를 대곤 했다. 하지만 휴식도 잠시, 갑자기 돌개바람이 불어오고 닻이 끌리면서 해안으로 바람이 몰아칠 때, 아수라장 같은 바다에서는 최후의 격전이 벌어지고 만다. 경험이 풍부한 선원이라면 아무리 날씨가 좋더라도 이곳을 피해 멀리 떨어진 곳에 닻을 내리는 것이 상식이었다.

육지 쪽 역시 바다 못지않게 어두운 기운이 가득했다. 사방이 우중충한 색의 황무지였고, 드문드문 서 있는 교회 첨탑은 오래된 마을이 있는 자리를 알려주었다. 외로운 사막 같은 이곳에는 오래 전에 사라진 종족의 흔적이 남아 있었다. 이들의 유일한 문명의 기록으로 이상하게 생긴 석조 기념물이 있었고, 죽은 자들의 뼛가루를 품고 있는 다양한 크기의 언덕, 역사 이전의 사람들이 싸우던 흔적이 남아 있는 괴상한 모양의 흙더미들이 있었다.

이곳의 신비한 분위기와 소멸된 나라들의 어두운 분위기는 홈즈의 상상력에 불을 지르기 시작했다. 그는 대부분의 시간을 황무지를 걸으면서 명상에 잠기곤 했다. 그는 당연하게도 콘월어에 흠뻑 빠지기도 했다. 고대 콘월어는 칼데아어와 비슷하고, 주로 페니키아 주석 상인들의 말에서 파생된 것으로 알려져 있다. 그는 언어학 관련 서적을 이곳에서 주문해 콘월과 관련된 연구에 몰두하기 시작했다. 그리고 갑자기 이곳에서 그동안 경험한 그 어떤 사건보다도 흥미진진하고 신비스러운 사건에 휘말리게 되었다. 사건이 바로 눈앞에서 벌어졌을 때, 휴식을 기대했던 나는 매우 실망했다. 그러나 홈즈는 무료한 생활에서 행운이라도 만난 것처럼 대놓고 좋아했다. 단순하지만 조용하고 건강한 생활은 갑자기 끝났고, 우리는 콘월은 물론 영국 서부 지역 전체를 흥분으로 몰아넣은 사건 속으로 떠밀려 들어가게 되었다.

이 책을 보는 애독자들 가운데, 런던 일간지에 실렸던 〈콘월의 공포〉라는 기사를 본 사람이 있을 것이다. 신문 기사는 사실과 매우 동떨어진 것이었기 때문에 당시에는 사건의 진위를 파악하기 어려웠을 것이다. 하지만 13년이 지난 오늘에서야 이 사건의 진실을 공개할 수 있게 되었지만 그래도 개인적으로는 매우 만족스럽다.

콘월에는 마을의 존재를 표시하는 첨탑이 곳곳에 흩어져 있다. 그 중 가장 가까운 곳에 있는 것이 트리대닉 윌러스 마을이다. 약 200여 명의 주민들이 살고 있으며, 이끼로 뒤덮인 옛 교회를 중심으로 농가 주택이 모여 있었다. 이곳의 교구 목사는 라운드헤이 씨이며, 고고학에 대해서 관심이 많았기 때문에 홈즈와도 잘 알고 지내게 되었다.

　라운드헤이 목사는 적당히 살이 찐 사교적인 중년 남자로, 이 마을에 대한 전설을 많이 알고 있었다. 홈즈와 나는 목사의 초대를 받아 목사관에 차를 마시러 갔는데, 그곳에서 부유한 신사인 모티머 트리제니스 씨를 알게 되었다. 그는 큰 목사관에서 하숙인으로 살고 있었기 때문에 목사의 적은 수입은 그나마 나아지기도 했다. 독신이었던 목사는 하숙인이 들어온 것에 대해 매우 좋아했지만, 둘 사이에 이렇다 할 공통점은 한 가지도 없었다.

　가무잡잡한 얼굴을 한 트리제니스 씨는 안경을 쓴 매우 마른 남자였으며, 기형적이라고도 의심할 수 있을 만큼 등이 많이 굽어 있었다. 목사관에서 차를 마시는 시간은 매우 짧았지만, 목사가 몹시 수다스럽다는 사실과 어딘가 슬픔에 잠긴 듯한 우울한 얼굴의 트리제니스 씨는 매우 내성적이라는 사실을 알게 되었다. 특히 트리제니스 씨는 남들과 시선을 마주치지 않으려고 했으며, 항상 자신만의 생각에 빠져 있는 사람처럼 보였다.

　그날은 3월 16일 화요일 아침이었다. 홈즈와 나의 아담한 거실에 시끄러운 목사와 내성적인 남자가 갑자기 들어왔다. 우리는 막 아침 식사를 마치고 이제는 일과가 되어버린 황무지 산책을 나가기 전에 담배를 한 대 피우고 있던 참이었다.

"홈즈 선생, 지난밤 정말 말도 안 되는 괴이하고 비극적인 일이 일어났습니다. 정말 어디서도 들어본 적이 없는 일이에요. 때마침 영국에서 가장 뛰어난 능력을 가지신 분이 이곳에 있다는 것은 하느님의 축복이 아닌가 싶습니다."

나는 입에 발린 말을 하는 교구 목사를 흘겨보았지만, 홈즈는 파이프를 입에서 떼고 사냥꾼들의 외침을 들은 사냥개처럼 공손하게 자세를 바꾸었다. 그가 소파에 앉으라는 손짓을 하자 흥분해 있던 두 손님은 조금 진정하며 자리에 앉았다. 트리제니스 씨는 목사에 비해 감정을 잘 절제하고 있었지만, 여윈 두 손이 떨리고 눈이 반짝거리는 것을 보니 목사 못지않게 흥분하고 있다는 것을 알 수 있었다.

"제가 말씀드릴까요, 아니면 목사님께서 말씀하시겠습니까?"

트리제니스 씨가 목사를 쳐다보며 말했다.

"무슨 일인지는 모르겠지만 트리제니스 씨가 그 사건을 목격한 것 같군요. 목사님도 트리제니스 씨에게 들은 것 같으니 목격한 본인이 직접 말하는 게 좋을 듯합니다."

홈즈가 둘을 바라보면서 침착하게 말했다. 목사는 옷을 대충 걸친 듯했고, 트리제니스 씨는 의복을 제대로 갖추고 있었기 때문에 홈즈의 추리에 난 몹시 놀랐다. 두 사람 역시 순간 놀라는 것을 보고 난 속으로 흐뭇함을 느끼고 있었다. 목사는 트리제니스 씨를 보더니 먼저 말을 꺼냈다.

"제가 말씀드리는 것을 듣고, 홈즈 선생이 트리제니스 씨에게 설명을 더 들을 것인지 아니면 당장 현장으로 갈 것인지 결정하는 게 좋겠습니다. 이제부터 사건에 대해 말씀드리겠습니다. 트리제니스 씨는 어제 저녁 황무지 건너편에 있는 트리대닉 저택에서 형제자매들과 함께 저녁 식사를 했습니다. 그의 형제인 오웬과 조지 그리고 누이동생인 브렌다가 있었죠. 트리제니스 씨는 10시 조금 지나서 왔는데, 형제들은 식탁에서 카드놀이를 하고 있었고, 건강이나 컨디션은 최고 상태였다고 말했습니다.

그런데 오늘 아침, 일어나는 시간이 빠른 편인 트리제니스 씨는 아침을 먹기 전에 그쪽으로 산책을 나가고 있었습니다. 가는 길에 의사 리처드 씨를 만났다고 하더군요. 의사 말로는 트리대닉 저택에서 급한 호출이 와서 가는 길이라고 했답니다. 형제들이 그곳에 있었기 때문에 트리제니스 씨는 바로 마차에 동승했고, 저택에 도착하니 기묘한 사건이 벌어져 있었답니다. 두 형제와 누이동생은 어제 헤어질 때 보았던 것처럼 식탁에 둘러앉아 있었는데, 누이동생은 이미 죽어 있었고 두 형제는 양쪽에 앉아 정신이 나간 상태에서 노래를 부르면서 웃고 떠들고 있었답니다. 식탁 위에는 카드가 흩어져 있었고 촛불은 끝까지 다 탔다고 하더군요. 그런데 죽은 여동생과 실성한 두 형제의 얼굴에는 모두 엄청난 공포가 새겨져 있었고, 세 사람 모두의 얼굴이 똑바로 바라볼 수도 없을 만큼 일그러져 있었다고 합니다.

요리사 겸 가정부로 일하고 있는 포터 부인 외에 그 집을 다녀간 사람의 흔적은 전혀 없었답니다. 포터 부인은 밤에 깊이 잠들기 때문에 아무런 소리도 듣지 못했다고 했다더군요. 없어진 물건도, 누가 집에 손을 댄 흔적도 없기 때문에 왜 두 형제가 정신이 나가고 여동생이 죽어 있는지 이유를 아무도 모릅니다. 지금까지의 상황은 제가 말한 대로예요. 홈즈 선생이 이 사건을 도와준다면 정말 큰 도움이 될 수 있을 겁니다.”

애초에 이곳에 온 이유가 휴식이었던 만큼 나는 홈즈를 설득해서 이 사건에 끼어들지 않고 넘어갈 수 있으리라 생각했다. 하지만 이미 사건에 집중한 그의 얼굴과 잔뜩 찡그린 눈썹을 보니 내 기대는 빗나갔다는 것을 알 수 있었다. 홈즈는 그동안의 평화를 무참히 깨뜨려버린 이 사건에 대해 생각하면서 말없이 앉아 있었다.

“좋습니다. 제가 이 사건을 맡겠습니다. 간단한 설명밖에 못 들었지만 정말 기이한 사건임에 틀림없습니다. 그런데 목사님은 현장을 직접 보셨나요?”

홈즈는 단호하게 결심한 듯이 입을 열더니 목사에게 질문했다.

“아직 보지 못했습니다. 트리제니스 씨가 저에게 한 이야기를 듣고 홈즈 선생에게 도움을 요청하기 위해 바로 이곳으로 달려왔지요.”

“그렇군요. 여기에서 트리대닉 저택까지의 거리는 얼마나 되나요?”

“내륙으로 1.5킬로미터 정도 될 겁니다.”

“그럼 걸어가도 충분한 거리군요. 하지만 그 전에 트리제니스 씨에게 물어볼 것이 몇 가지 있습니다.”

트리제니스 씨는 아무 말도 하지 않고 있었지만, 감정을 한껏 드러낸 목사보다 더 흥분해 있다는 것은 나도 충분히 알 수 있었다. 그는 잔뜩 찡그린 창백한 얼굴과 흔들리는 시선을 홈즈에게 고정하고, 마주잡은 두 손과 핏기 없는 입술은 아직도 떨리고 있었다. 자기 가족들에게 닥친 무서운 사건에 대해 이야기를 듣는 동안 그의 눈동자에는 현장에서 본 공포가 담겨 있는 듯했다.

"홈즈 선생님, 어떤 질문을 하셔도 좋습니다. 끔찍한 일이었지만 사실 그대로 말씀드리겠습니다."

트리제니스 씨는 긴장한 목소리로 대답했다.

"일단 지난밤에 있었던 일을 차근차근 자세하게 말해주시오."

"알겠습니다. 목사님 말처럼, 저는 트리대닉 저택에서 저녁을 먹었습니다. 그런데 형 조지가 식사를 마치고 휘스트 게임을 하자고 하더군요. 우리는 9시 정도에 카드를 시작했고, 제가 일어선 시간은 10시 15분이었습니다. 제가 집을 나설 때도 형제들은 즐겁게 카드를 계속 하고 있었습니다."

"그럼 당신이 집으로 돌아갈 때 문단속을 한 사람은 누구죠?"

“포터 부인이 이미 잠자리에 들었기 때문에 제가 직접 문을 열고 닫았습니다. 형제들이 앉아 있던 방 창문은 이미 닫혀 있었고 커튼은 젖혀진 채였습니다. 오늘 아침에 갔을 때도 문과 창문은 어제 그대로였어요. 누군가 다녀간 흔적도 없었습니다. 하지만 형제들은 공포심에 정신이 나갔고, 여동생은 공포 때문에 의자 팔걸이 너머로 고개를 떨군 채로 죽어 있었죠. 저는 죽을 때까지 그때의 광경을 잊을 수 없을 겁니다.”

“자세한 이야기를 들으니 더 이상한 사건처럼 느껴지는군요. 그러니까 트리제니스 씨는 이 사건에 대해 아는 게 없다는 거죠?”

홈즈는 여전히 눈을 반짝이며 말했다.

“홈즈 선생, 이 일은 분명히 악마의 소행입니다. 인간이 저지른 일일 수가 없어요. 무언가가 집안에 들어가서 형제들의 정신을 뺏어가 버린 겁니다. 어떻게 사람이 이런 일을 할 수가 있겠습니까!”

트리제니스 씨가 큰 소리로 외쳤다.

“사람이 한 일이 아니라면 저도 해결할 수 없겠죠. 그런 결론을 내리기 전에 과학적으로 설명할 수 있도록 전력을 다해야 합니다. 그런데 트리제니스 씨, 다른 가족들은 같은 집에서 사는데 혼자 하숙을 하시는 거 보면 가족과 사이가 별로 좋지 않았나 보군요. 혹시 특별한 이유가 있는 건가요?"

"부끄럽지만 그렇습니다. 하지만 그 문제는 모두 해결되었기에 간단히 말씀드리죠. 레드루스에 우리 집안의 주석 광산이 있었습니다. 형제들은 광산을 상당한 금액을 받고 어느 회사에 넘겼죠. 그런데 그 돈을 나누는 과정에서 문제가 좀 생겼고, 서로 사이가 나빠지고 말았습니다. 하지만 이제 다 잊고 용서하기로 했습니다. 지금은 예전의 관계로 돌아가 아주 사이좋게 지내고 있었습니다."

"트리제니스 씨, 어제 저택에서 있었던 일 중에 마음에 걸리는 일은 없었습니까? 도움이 될 만한 단서가 있는지, 아주 작은 거라도 잘 생각해 보세요."

"전혀요. 그런 건 전혀 없었습니다."

"형제와 여동생의 기분은 평소와 다르지 않았나요?"

"전혀요, 평소와 같았습니다. 기분이 매우 좋아보였어요."

"그렇다면 형제들이 예민한 분이었습니까? 위험에 처해 있다거나 두려움에 불안해하지는 않았나요?"

“그런 건 전혀 없었습니다.”

“제게 도움이 될 만한 이야기면 어떤 거라도 좋으니 다시 한 번 생각해 보세요.”

트리제니스 씨는 잠깐 깊은 생각에 잠기는 듯하더니 다시 말을 꺼냈다.

“사실 …… 한 가지 생각나는 게 있긴 합니다. 저는 창을 등지고 앉아 있었는데, 카드 게임 파트너였던 형 조지가 창문 너머로 뭔가를 한참 동안 보더군요. 그래서 저도 몸을 돌려서 무엇이 있는지 보았습니다. 창문은 닫혀 있었지만 잔디밭 사이로 무언가가 빠르게 움직이는 걸 봤습니다. 사람인지 동물인지는 모르겠지만, 틀림없이 뭔가 움직이기는 했어요. 형에게 뭔가를 보지 않았느냐고 물어봤는데, 형도 저와 같은 대답을 했습니다. 이것이 이 사건에 대해 제가 아는 전부예요.”

트리제니스 씨가 미안하다는 듯이 말을 끝냈다.

“그리고 정원을 살펴보지 않았나요?”

“아뇨, 별 거 아니라고 생각했으니까요.”

“집을 나올 때 뭔가 기분 나쁜 예감이 들지는 않았습니까?”

“전혀 그렇지 않았습니다.”

"그럼 오늘 아침에 어떻게 그토록 빨리 그 소식을 접할 수 있었는지 말씀해 주십시오."

"전 항상 일찍 일어나는 습관을 가지고 있습니다. 그래서 아침 식사 전에 한 시간 정도 산책을 할 여유가 생기죠. 오늘 아침도 평소와 같이 산책을 하고 있었는데, 마차를 타고 오던 의사 리처드 씨를 만난 겁니다. 리처드 씨는 포터 부인이 급히 연락을 해서 형 집으로 가고 있다고 말하더군요. 무슨 일이 생겼는지 걱정이 된 저도 리처드 씨와 함께 마차를 타고 집으로 달려갔습니다. 도착한 뒤에는 아까 말씀드린 무시무시한 광경을 보고 말았고요. 촛불은 몇 시간 전에 꺼진 듯했습니다. 그들은 그렇게 동이 틀 때까지 앉아 있었던 거예요. 리처드 씨는 브렌다가 최소한 6시간 전에는 죽었다고 했습니다. 폭력의 흔적은 전혀 없었고, 두려움이 가득한 얼굴로 의자 팔걸이에 머리를 대고 누워 있었죠. 조지와 오웬 형은 마치 원숭이처럼 이상한 소리를 내면서 알 수 없는 노래를 부르고 있었습니다. 홈즈 선생, 어떻게 이런 일이 일어날 수가 있는 거죠? 정말 눈뜨고 볼 수 없는 비참한 모습이었습니다. 리처드 씨도 얼굴이 하얗게 질린 채로 갑자기 의자에 털썩 주저앉더군요. 빈혈 증상이 일어난 것처럼 말입니다. 그래서 제가 부축까지 했습니다."

"오, 정말 묘한 사건이군요. 이 정도면 이야기는 됐습니다. 바로 현장으로 가는 게 좋겠군요. 시작부터 이렇게 기묘한 사건은 정말 처음입니다."

홈즈는 코트와 모자를 집어 들면서 흥미롭다는 듯이 집을 나섰다. 그날 아침 우리의 수사는 별다른 진전이 없었다. 그러나 그날 목격한 장면은 매우 불길했다. 비극이 발생한 저택으로 가는 길은 구불구불하고 좁은 보통 시골길이었다. 그 길을 따라 걷고 있었는데, 뒤에서 마차가 덜컹거리며 오는 소리가 들렸다. 우리가 길을 비켜주기 위해 한쪽으로 물러섰다. 그런데 마차가 우리 옆을 지나갈 때, 닫힌 창문 너머로 이빨을 드러내며 무서운 표정으로 웃는 얼굴을 보았다. 이상하게 번쩍이는 눈빛으로 이빨을 가는 모습이었는데, 매우 빠르게 지나간 터라 마치 꿈을 꾼 것 같았다.

"이럴 수가! 저희 형들이에요! 헬스톤의 정신병원으로 데려가고 있군요!"

트리제니스 씨는 얼굴이 새파랗게 질려서 큰 소리로

외쳤다. 우리는 온몸에 소름이 돋았고 덜컹거리면서 멀어져가는 마차를 바라보다 다시 정신을 차린 뒤, 비극적인 운명을 맞은 불길한 저택으로 빠르게 걸어갔다.

트리대닉 저택은 매우 크고 화려한 별장이었다. 콘월의 따뜻한 날씨로 인해 넓은 정원의 꽃들은 만개해 봄의 기운이 가득했다. 넓은 거실 창문은 정원 쪽을 향해 있었는데, 트리제니스 씨에 따르면 그곳에서 형들의 정신을 빼앗아간 악마가 나타났다는 것이다. 홈즈는 생각에 잠긴 채로 현관을 향해 천천히 걸어갔다. 그 길은 양쪽에 꽃이 피어 있는 아름다운 길이었는데, 그는 생각에 집중한 채 걷다가 물뿌리개에 걸려 넘어질 뻔했으며 그 안에 담긴 물이 엎질러져서 우리 발은 물론 정원에 난 길까지 물로 적시고 말았다.

집 안으로 들어가자 포터 부인이 친절하게 우리를 맞이해 주었다. 그녀는 어린 하녀와 함께 일하고 있었으며, 홈즈가 물어보는 질문에 자세하게 대답해 주었다.

"정말 무서운 일이 일어났지만, 저는 밤에는 아무런 소리도 듣지 못했습니다. 트리제니스 씨 형제와 브렌다 아가씨도 어제까지 모두 건강하고 유쾌한 상태였고요. 평소에도 그분들만큼 명랑한 사람은 본 적이 없을 정도였습니다. 그런데 오늘 아침, 무서운 일이 일어났습니다. 거실에 들어가서 그 광경을 보자마자 전 기절하고 말았어요. 정신이 돌아오자 환기를 시키기 위해 거실의 창문을 열었습니다. 그리고 바로 달려 나가 이웃집 소년을 리처드 씨에게 보냈어요. 이미 돌아가신 브렌다 아가씨는 2층에 있는 침실에 눕혀드렸습니다. 트리제니스 씨 형제들은 정신병원으로 보내야 해서 병원 마차를 불렀고요. 힘센 장정이 4명이나 달려들어서야 두 분을 겨우 마차에 태울 수 있었죠. 전 더 이상 이 집에 있고 싶지 않습니다. 그래서 오늘 오후에 세인트 아이브즈에 있는 집으로 가기로 했어요."

우리는 포터 부인에게 고맙다고 말하고 브렌다를 보기 위해 2층으로 올라갔다. 그녀는 중년에 가까운 나이였지만 매우 아름다운 외모를 가지고 있었다. 죽음조차도 그녀의 아름다움을 빼앗아가지는 못할 정도였다. 그러나 죽기 전 그녀를 엄습했던 공포는 아직도 그녀의 얼굴에 고스란히 남아 있었다.

그녀의 침실을 나와서 찾은 곳은 실제로 비극이 일어난 장소인 거실이었다. 난로 안에는 까맣게 탄 재가 있었고, 탁자 위에는 초가 모두 타서 4개의 촛대만 남아 있었다. 카드들은 함부로 흩어져 있었고, 의자들의 등은 벽을 향해 있었다. 그 밖의 것은 모두 전날과 다름없이 그대로였고, 홈즈는 재빠르게 방 안을 돌아다니면서 여기저기를 관찰하였다. 의자에 앉아보기도 하고 의자를 끌어 위치를 바꾸어보기도 했으며, 정원이 어느 정도까지 보이는지 살펴보기도 했다. 마룻바닥, 천장, 벽난로 모두 조사했지만 홈즈의 눈빛은 단서를 발견했을 때의 반짝임이 전혀 없었다.

"난롯불을 왜 피웠던 거죠?"

홈즈가 물었다.

"봄날 저녁이라 날이 따뜻했을 텐데…… 이 방은 항상 난로를 피웠습니까?"

"봄이라고는 해도 어젯밤에는 춥고 습기가 많아서 제가 이곳에 온 뒤에 불을 피웠습니다. 그런데 홈즈 선생, 이제 무엇을 할 건가요?"

어느 정도 진정한 트리제니스 씨가 홈즈를 바라보며 말했다.

"두 분만 괜찮으시다면 저희는 이제 귀가했으면 합니다. 이곳에 더 머문다 해도 새로운 단서가 나타날 것 같지는 않군요. 트리제니스 씨, 이번 사건에 대해 이런저런 것들을 깊이 생각해 보고 뭔가 생각나는 것이 있으면 당신과 목사님에게 바로 말씀드리겠습니다. 왓슨, 자네는 몹시 싫어하겠지만 나는 담배 중독에 빠져 수사를 좀 더 해야 할 것 같군. 자, 그럼 두 분 모두 안녕히 계십시오.”

우리는 다시 오두막으로 돌아왔고, 홈즈는 깊은 생각 속에 한동안 잠겨 있었다. 그가 내뿜는 푸른 담배 연기로 인해 소파에 깊숙이 앉아 있는 홈즈의 얼굴은 잘 보이지 않았다. 그러나 이맛살을 찌푸리고 검은 눈썹을 모은 채, 먼 곳을 바라보는 듯한 텅 빈 두 눈이 어렴풋이 보였다. 드디어 홈즈는 담배 파이프를 내려놓고 자리에서 벌떡 일어났다.

“왓슨, 더 이상은 안 되겠군. 밖에 나가서 돌화살촉이라도 찾는 게 좋겠어. 이 사건의 단서를 찾는 것보다는 그쪽이 더 쉬울 테니까. 충분한 자료도 없는데 추리를 하려니 정말 힘들군. 지금은 바다 냄새, 햇빛, 인내심 같은 것들이 모두 필요해.”

홈즈의 말대로 우리는 밖으로 나가서 산책을 하기 시작했다. 잠시 말이 없던 홈즈는 다시 입을 열었다.

“왓슨, 정리를 좀 해볼까? 우리가 알고 있는 사실을

분명하게 파악하고, 새로운 사실이 나타나면 제자리에
두어야 해. 일단 우리들 중 누구도 실제로 악마가 존재
한다고는 생각하지 않으니 그러한 의견은 배제하자고.
그리고 과정이 어떻게 되었든 비극을 맞이한 세 명은
지금 이곳에 그대로 남아 있어. 이게 바로 변하지 않는
사실이지.

그럼 사건을 좀 더 구체적으로 정리해 보자고. 트리
제니스가 한 말이 사실이라고 가정한다면, 사건은 그가
집을 나간 직후에 일어났어. 평소 잠자리에 드는 시간
이 이미 지났는데도 카드가 탁자에 그대로 펼쳐져 있었
으니까 그렇게 생각하는 게 맞겠지. 그들은 자세를 바
꾸거나 의자를 옮기지도 않았지. 즉, 이 일은 트리제니
스가 떠난 직후, 그러니까 11시가 되지 않아서 일어났
을 거야.

다음으로 알아봐야 할 것은 트리제니스의 행동이야.
사실 우리가 할 수 있는 전부이기도 하지. 그것을 알아
보는 것은 간단한 일이기도 하고, 그가 의심스러운 행
동을 했을 것 같지는 않아. 자네가 눈치 챘을 것이라고
생각하지만, 난 트리제니스의 발자국 모양을 알아보기
위해 현관에서 일부러 물뿌리개를 찼지. 젖은 모랫길에

모두의 발자국이 선명하게 찍혔기 때문에 알아보기는 쉬웠지.

발자국으로 미루어보았을 때, 트리제니스는 어제 집을 나와서 목사관으로 재빨리 갔을 거야. 트리제니스가 가고 난 뒤 밖에 있던 어떤 사람이 그들에게 해를 끼치거나 공포에 빠뜨렸다는 건 말이 안 된다네. 만약 그런 사람이 있었다면 포터 부인도 살아남지 못했을 테고. 어떤 무서운 존재가 정원을 향한 창문으로 가서 자신을 본 사람들을 미치게 했다는 건 트리제니스의 주장일 뿐이야.

그의 형 조지가 정원에서 무언가 움직이는 걸 보았다고 했잖은가. 사실 어제는 비가 내려서 날씨도 흐렸고 어두웠다는 사실을 감안한다면 상당히 주목할 만한 증언일세. 누군가가 방 안에 있던 그들을 놀라게 하려고 했다면 자신의 모습이 눈에 띄도록 얼굴을 창문에 바짝 들이댔을 거야. 그래야 안에서 잘 보였을 테니까. 하지만 창 밖에는 90센티미터 너비의 화단이 있는데 그곳에 발자국 같은 건 전혀 없었네. 즉, 침입자가 있었다고 보기도 어렵고, 이런 힘든 상황을 만들 만한 동기도 찾을 수가 없어. 그래서 이 사건은 나에게도 몹시 어렵다네.

왓슨, 자네는 이해하겠지?"

"물론 분명히 알겠네."

"약간의 자료만 더 있다면 사건은 해결할 수 있을 거야. 우리가 자료를 찾아낼 수 있을지도 모르지. 일단 지금은 다 그만두고 신석기 시대의 흔적을 찾아보는 게 좋겠군."

그리고 우리는 2시간 동안 켈트족, 화살촉, 유물 파편들에 대해 이야기를 나누었다. 그때보다 홈즈의 초연한 정신상태가 잘 드러난 적은 없었던 것 같다. 그는 해결해야 할 불길한 사건은 안중에도 없다는 듯이 아무렇지 않게 행동했다. 하지만 그날 오후 집으로 돌아와서 우리를 기다리던 방문객을 만나면서 초연함은 깨지고 말았다. 방문객은 홈즈와 나를 다시 사건 속으로 빠지게 만들어버렸다.

우리를 찾은 방문객은 누구인지 굳이 물어볼 필요도 없는 유명 인사였다. 우람한 체격, 오두막 지붕처럼 부스스한 반백 머리카락, 깊게 주름이 패인 우락부락한 얼굴, 매서운 눈, 매부리코, 가장자리는 금빛인 턱수염이 입술 부분에서는 끊임없이 피워대는 시가의 니코틴 덕분에 탈색되었고 그 나머지는 하얗게 세어 있었다.

이런 모든 점으로 보아서 그는 런던과 아프리카에서 명성을 떨치고 있는 위대한 사자 사냥의 명수이자 세계적 탐험가인 레온 스턴데일 박사였다.

신문을 통해 그가 이 고장에 와 있다는 것을 알고 있었고, 황무지를 걸을 때 그를 본 적도 몇 번 있었다. 하지만 우리는 서로의 사생활을 존중하기 위해 일부러 아는 체를 하지는 않았다. 그는 여행 중에 시간이 조금이라도 나면 비첨 아리안스라는 방갈로에서 대부분을 보낸다고 했다. 그 이유가 혼자 있고 싶어서라는 것은 분명했다. 그는 방갈로에 머무는 동안에도 책과 지도에 파묻혀 있었으며, 최소한의 생활용품만을 가지고 완전히 고립된 생활을 즐기곤 했다. 그러한 성격을 가진 스턴데일 박사가 우리를 직접 찾아와 사건의 전모를 묻다니 놀라지 않을 수 없었다.

"시골 경찰들은 완전히 틀렸소. 하지만 경험이나 실력으로 봤을 때 당신 정도면 뭔가 납득이 갈 만한 설명을 해줄 수 있을 것 같아서 찾아왔소. 사실 나는 트리제니스 가족에 대해서 잘 알고 있소. 외가 쪽으로 먼 친척이기 때문에 오늘 아침의 일은 내게도 매우 충격적이오. 원래 나는 아프리카로 가기 위해 플리머스 항까지 갔는데, 이 소식을 듣자마자 다시 마을로 돌아왔소.”

스턴데일 박사가 급하게 말을 쏟아냈다.

“그럼 박사님은 배를 놓치신 건가요?”

홈즈가 날카롭게 박사를 쳐다보며 물었다.

“그렇소, 다음 배를 탈 생각이오.”

“오, 정말 대단한 사인가 보군요!”

“아까 친척이라고 말했지 않소!”

“그렇군요, 먼 친척이라고 말씀하셨죠. 그런데 짐은 배에 모두 실으셨나요?”

“일부는 실었지만 당장 꼭 필요한 짐들은 아직 호텔에 있소.”

“알겠습니다. 그런데 이 사건을 어떻게 아셨죠? 아직 플리머스 아침 신문에도 실리지 않았는데요.”

“내가 호텔에 있을 때 전보를 한 통 받았소.”

“누가 전보를 보냈는지 궁금하군요.”

“홈즈 선생, 필요 이상으로 꼬치꼬치 캐묻는군요. 기분이 그다지 좋지 않소.”

스턴데일 박사는 불쾌해하면서 말했다.

“이해해 주십시오. 제가 하는 일이 원래 이런 일이니……”

“누가 보냈는지 말하는 게 어려운 건 아니오. 전보를 보낸 사람은 라운드헤이 목사요.”

스턴데일 박사는 흥분한 마음을 가라앉히려 노력하며 대답했다.

“감사합니다. 이제 박사님 질문에 대답을 하죠. 이 사건은 아직 제대로 파악하지 못했습니다. 지금 이 상태에서 결론을 말하는 것은 이르다고 생각하고요.”

“혹시 당신이 의심하는 부분이 무엇인지는 말해 줄 수 있나요?”

“아니오, 대답하기 곤란합니다.”

“그렇다면 괜히 찾아왔군. 시간 낭비만 하고 말다니! 난 이만 가보겠소.”

스턴데일 박사는 큰 소리를 내며 매우 무례하게 오두막을 걸어 나갔다. 그러고 나서 채 5분도 안 되었을 때 홈즈는 그의 뒤를 급히 쫓았다. 저녁이 될 때까지 홈즈의 모습은 보이지 않았고, 늦은 저녁에서야 돌아온 그는 아무런 소득이 없었는지 매우 지친 모습으로 기운이 없어보였다. 그는 자신이 집을 비운 사이, 도착한 전보를 보더니 난로 속으로 던져버렸다.

“플리머스 호텔에서 온 전보군. 난 스턴데일 박사의

말이 사실인지 알아보려고 전보로 조회해 보았다네. 그는 정말 어젯밤에 그곳에 있었고, 아프리카로 떠나기 위한 짐도 일부 맡겨놓았더군. 그런데 왓슨, 이 사건 때문에 박사가 돌아왔다는 것은 좀 이상하지 않은가?"

"맞아. 박사는 이 사건에 관심이 많아 보였어."

"그래, 아직 파악하지 못한 연결고리가 어딘가에 있어. 그것만 알면 단서가 잡힐 텐데 말이야. 모든 자료를 파악한 게 아니니 힘을 내자고. 새로운 자료만 찾는다면 사건은 금방 해결될 거야."

그날 밤 홈즈가 던진 말이 그렇게 빨리 실현되리라고는 우리 둘 다 생각하지 못했다. 그리고 그 단서가 불길한 사건이 되어 수사에 진전을 가져올 것이라고도 생각하지 못했다.

다음 날 아침, 나는 창가에서 면도를 하고 있었다. 밖에서 말발굽 소리가 들려서 내다보았더니 이륜마차가 전속력으로 달려오고 있었다. 마차는 우리의 오두막 앞에서 멈추었고 마차에서 목사가 급하게 내려 단숨에 집 안으로 뛰어 들어왔다. 홈즈는 이미 옷을 갈아입은 상태였기 때문에 우리는 바로 그를 맞이했다. 목사는 너무 흥분했는지 말도 제대로 잇지 못할 정도였는데, 숨을 조금씩 고르더니 끔찍한 일을 또 겪었다고 말하는 것이 아닌가!

"홈즈 선생, 우리는 신의 저주를 받은 게 분명해요. 우리 마을에 저주가 내렸어요! 모두 악마의 손에 넘어가고 말 거예요!"

목사는 지독한 공포로 인해 흙빛으로 변한 얼굴로 흥분해서 말을 제대로 잇지 못하고 있었다. 그리고 그는 더욱 놀라운 소식을 전했다.

"어젯밤에 모티머 트리제니스 씨가 죽었어요. 그것도 그의 형제들과 마찬가지 증상을 보이면서요! 이건 정말 저주가 분명해요! 악마의 저주라고요!"

"목사님, 타고 오신 마차에 우리 둘이 탈 수 있을까요?"

홈즈는 무언가 떠오른 듯이 자리에서 벌떡 일어나며 목사에게 물었다.

"물론이죠. 탈 수 있습니다."

"왓슨, 식사는 잠시 미뤄야겠군. 목사님, 우리를 그곳으로 데려다 주시오. 현장이 흐트러지기 전에 빨리 갑시다!"

트리제니스 씨는 목사관의 방 두 개를 쓰고 있었다. 그의 분위기에 맞게 구석진 곳에 있는 방이었는데, 1층과 2층에 각각 방이 하나씩 있었다. 1층은 거실, 2층은 침실이었는데 2층에서는 넓은 잔디밭이 잘 보였다. 의사나 경찰이 오기 전이었기 때문에 우리는 현장 그대로를 볼 수 있었다. 안개 낀 3월의 아침, 우리가 그날 봤던 광경은 절대 지워지지 않을 만큼 강한 인상을 주었다.

방 안은 매우 불쾌한 공기로 가득 차 있었다. 처음 방에 들어왔던 하인이 창문을 열지 않았더라면 참고 견디기 힘들었을 정도였다. 그것은 탁자 가운데에서 연기를 내면서 타고 있는 램프 때문이기도 했다. 그 옆에는 죽은 트리제니스 씨가 의자에 등을 기댄 채 앉아 있었다. 그의 턱에는 수염이 옅게 나 있었고 안경은 이마로 올라가 있었다. 야위고 거무스름한 얼굴은 창을 향해 있었는데, 죽은 여동생 브렌다처럼 지독한 공포로 일그러져 있었다. 그는 공포 때문에 몸부림을 친 듯했고, 손가락이 구부러져 있었다. 옷은 서둘러 입은 흔적이 역력했고, 비극적인 죽음이 아침에 닥친 것임을 알 수 있었다.

홈즈는 운명의 방에 들어서자마자 즉시 긴장하며 민첩해졌다. 표정은 매우 냉담했지만 오랫동안 그를 봐온 나는 강력한 에너지를 발산하고 있다는 것을 알 수 있었다. 빛나는 눈, 차분한 표정, 재빠른 손놀림과 발놀림

으로 그는 현장을 조사했다. 창문을 통해서 방을 둘러
싼 잔디밭을 보다가 다시 침실로 올라왔다. 그리고 창
문 밖으로 몸을 내민 채 기쁨의 탄성을 내지르기도 했
다. 그러더니 다시 아래층으로 달려간 홈즈는 열린 창
을 통해 바깥으로 나가 잔디밭에 몸을 던졌다가 다시
벌떡 일어나 방으로 올라왔다. 그런 그의 모습에는 마
치 늑대를 좇는 사냥꾼과 같은 열정이 있었다. 방 안에
서는 흔한 모양의 램프를 한참 관찰한 뒤, 확대 렌즈로
램프의 덮개를 세밀하게 조사했다. 그리고 표면에 있는
재를 긁어 봉투에 담아 책갈피에 끼워두었다. 잠시 후,
의사와 경찰이 나타나자 홈즈는 목사를 불렀고, 우리는
잔디밭으로 나왔다.

"목사님, 이번 조사는 성과가 좀 있군요. 여기에서 경
찰들과 수사를 같이 하기는 어려울 것 같으니 그들에게
제 말을 전해 주세요. 침실 창문과 거실 램프에 주의를
기울여서 조사하는 게 좋을 것 같다고요. 두 가지를 제
대로 조사한다면 아마 사건을 해결하는데 큰 도움이 될
거라는 말도요. 정보가 더 필요하면 저를 찾아와도 좋
다는 말도 전해 주십시오. 그럼 저희는 이만 돌아가겠
습니다."

　어쩌면 이 지역의 경찰들은 낯선 침입자에게 화가 났을지도 모른다. 그날의 사건 이후 이틀이 지났지만, 우리는 어떤 소식도 들을 수 없었다. 이틀 동안 홈즈는 집에서 담배를 피우거나 생각에 잠겨 있었다. 물론 대부분의 시간은 황무지를 산책하면서 보냈다. 어디를 간다는 말도 없이 훌쩍 바깥으로 나가 몇 시간 뒤에 돌아오는 일도 자주 있었다. 어느 날은 트리제니스의 방에 있던 것과 같은 램프를 사와서 실험을 하기도 했다. 목사관에서 쓰는 것과 같은 기름을 채우고 그것이 다 타는 데 걸리는 시간을 쟀다. 홈즈는 이렇게 여러 가지 실험을 하면서 자신의 추리를 확인하는 듯했다.

　"왓슨, 이번 사건에서 공통점이 있다는 사실을 알고 있나? 사건이 일어난 날, 방에 들어간 사람들은 방의 공기에 영향을 받았어. 트리제니스가 형 집을 마지막으로 방문했을 때, 방에 들어간 의사가 쓰러져서 부축했다고 했던 말 기억나지? 포터 부인도 방에 들어가자마자 창문을 열었다고 했고. 두 번째 사건도 마찬가지야. 하인이 창문을 열어놨는데도 우리는 몹시 답답한 기분을 느꼈지 않은가. 이제야 왜 그랬는지 알겠네. 이 두 개의 사건에는 모두 독가스가 있어. 그리고 둘 다 방 안에서 연소 작용이 있었지. 하나는 난로, 하나는 램프. 난로는 날씨가 추워서 피웠다고는 해도 램프는 날이 밝은 후에 켜진 게 분명해. 직접 기름이 타는 시간을 재보았으니 확실하지. 도대체 왜 이런 일이 벌어졌을까? 분명히 세 가지 모두 관련이 있네. 불, 답답한 공기, 그리고 죽은 사람들의 두려운 표정. 그렇지 않은가?”

“그럴듯하군. 계속 해보게.”

“합리적인 가설이기는 하지. 이것으로 짐작해 보건데 무언가 타면서 유독가스를 발생시켰다고 볼 수 있어. 첫 번째 사건의 경우, 이 물질은 난로에 있었을 거야. 창문이 닫혀 있었고 연기는 난로의 연통을 통해 굴뚝까지 올라갔겠지. 그래서 두 번째 사건보다 독가스의 영향을 덜 받았을 거야. 그래서 몸이 더 약하고 민감한 여자, 즉 브렌다만 죽은 거지. 두 번째 사건에는 공기가 빠져나갈 곳이 없었기 때문에 완벽한 결과를 얻었지. 독가스는 연소 작용에 의해 발생한 것이 분명했기 때문에 나는 트리제니스의 방에서 타다 남은 물질을 겨우 찾아냈지. 그것은 램프의 연기를 차단하기 위해 만든 램프 갓에 있었다네. 벗겨지기 쉬운 재가 많이 있었지. 가장자리에는 아직 다 타지 못한 갈색 가루가 묻어 있었고. 자네가 본 것처럼 난 그 가루를 절반 정도 가져왔다네.”

“왜 가루를 절반만 가져온 거지?”

“나중에 경찰이 조사하러 올 테니까. 증거를 나만 독식해서는 안 되잖은가. 그래서 그들이 찾을 수 있도록 그대로 남겨두었지. 왓슨, 이제 램프에 불을 붙일 걸세. 하지만 우리같이 꼭 필요한 인재가 벌써 저세상으로 가는 것은 안타까운 일이니 창문을 열어두자고. 자네같이 민감한 남자는 창문 근처에서 실험에 동참하는 게 안전하겠군. 나는 자네 맞은편 의자에 앉겠네. 그럼 독이 있는 램프에서 같은 거리를 두고 마주보게 될 거야. 문을 조금 열어둘 테니 서로 상태를 살펴볼 수 있도록 하자고. 자, 이제 그 가루를 태우겠네. 왓슨, 앉아서 기다리게나.”

불을 켠 지 얼마 지나지 않아 이상한 증세가 바로 나타났다. 나는 자리에 앉자마자 묘하고 메스꺼운 사향 냄새를 맡았는데, 첫 숨을 들이마시자 머릿속은 통제할 수 없는 상황이 되었다. 눈앞에 있는 짙은 먹구름은 막연한 공포를 느끼게 했으며, 세상의 모든 괴기스러움과 사악함이 숨어 있다가 달려드는 듯했다. 알 수 없는 형

상들이 돌아다니고 영혼을 뒤흔들면서 몸의 모든 감각이 얼어붙는 것처럼 느껴졌다. 머리털이 곤두서고 눈은 튀어나올 듯했다. 크게 벌어진 입 안의 혀는 뻣뻣해 작은 소리도 지를 수 없었다. 애써 비명을 질렀지만 웅얼거리는 소리가 되어 멀리서 아득하게 들려올 뿐이었다.

이 상황을 탈출하기 위해 애쓰던 나는 맞은편에 앉아 있는 홈즈의 얼굴을 보았다. 그의 얼굴은 하얗게 질린 채로 죽은 트리제니스 씨와 브렌다처럼 공포로 일그러져 있었다. 홈즈의 얼굴을 보자마자 난 갑자기 정신이 들면서 강한 힘이 생겼다. 나는 의자에서 일어나 홈즈를 안고 바깥으로 나갔고, 그대로 정원의 잔디밭에 쓰러졌다. 지옥 같은 공포는 사라졌고 따뜻한 햇볕이 우리를 내리쬐고 있었다. 마치 아지랑이가 피어오르는 것처럼 우리에게도 평화로운 이성이 찾아왔다. 이마의 식은땀을 닦고 우리는 공포의 흔적을 떠올리면서 서로를 바라보았다.

"왓슨, 정말 미안하고 또 고맙군. 이렇게 위험한 실험에 자네까지 끌어들이는 게 아니었는데. 내 잘못이야."

홈즈는 아직도 불안한 목소리로 사과했다.

"아니야, 내가 자네를 도울 수 있다는 것이 내게 얼마나 큰 기쁨인지 몰라서 그러나?”

나는 전에는 느낀 적이 없는 홈즈의 진심 어린 말에 감격했다. 홈즈는 그 사이 평소 습관대로 반은 유머로, 반은 냉소적인 목소리로 돌아와 있었다.

“과연 그 갈색 가루는 사람을 미치게 할 만큼 강력하군. 누군가 우리를 봤다면 우리가 미쳤다고 생각했을 거야. 그렇게 빠르고 효력이 강한 독가스가 있다니 놀랍군.”

홈즈는 방으로 달려가 아직도 타고 있는 램프를 들고 나오더니 덤불 속으로 던져버렸다.

“방이 완전하게 환기될 때까지 여기 있어야겠군. 왓슨, 이제 이 끔찍한 사건의 전말을 알 수 있겠지?”

“직접 경험해 보니 이보다 더 정확하게 알 수는 없을 것 같군.”

“하지만 아직도 원인은 알 수 없어. 여기 벤치에 앉아서 이야기를 해보자고. 독가스가 얼마나 지독한지 아직도 목에 남아 있는 것 같이 따끔따끔하군. 아마 첫 번째 사건의 범인은 모티머 트리제니스가 분명해. 두 번째 희생자라고는 해도 첫 번째 사건의 범인인 것은 확실하지. 그들 형제간에는 불화가 있었어. 화해했다고 말은

했지만 그 싸움은 매우 격렬해서 거짓된 화해로 마무리 지었을 가능성이 높아. 트리제니스는 여우 같은 얼굴에 날카롭게 빛나는 작은 눈을 가지고 있었지. 이런 모습을 보면 그가 쉽게 용서하는 성격이 아니라는 것을 짐작할 수 있다네. 그리고 정원에 누가 있었다는 이야기 기억나지? 난 잠시 그것이 원인이 될 수도 있다고 생각했지만, 그건 그가 지어낸 이야기임에 틀림없어. 우리를 잘못된 추리로 이끌어가기 위해서지. 아마 거실을 나오면서 난로에 그 물질을 던졌을 거야. 만약 다른 사람이 들어왔다면 형제와 브렌다는 의자에서 일어났을 테니까. 게다가 이 지역의 사람들은 밤 10시에 다른 사람의 집을 방문하는 일이 없지 않은가. 이런 모든 증거가 트리제니스가 범인이라는 것을 말해 주고 있지.”

“그럼 그는 양심의 가책에 못 이겨 자살한 것일까?”

“왓슨, 그의 얼굴을 떠올려보게. 그럴 사람은 아니야. 자기 가족에게 그런 짓을 저지르는 남자가 자살할 리가 없지. 또 다른 이유도 한 가지 더 있지. 다행히도 이 모든 사실에 대해 알고 있는 사람이 한 명 더 있다네. 그와 약속을 해두었으니 그의 이야기를 들으면 좀 더 확실한 것을 알 수 있을 거야. 오, 벌써 왔군. 스턴데일 박사님을 이쪽으로 모셔와 주게. 실험을 했던 방으로 데려갈 수는 없으니까 말이야."

대문이 열리는 소리가 들리면서 위대한 탐험가 스턴데일 박사가 나타났다. 그는 조금 놀란 기색을 보이면서 우리가 앉아 있는 벤치로 왔다.

"홈즈 선생, 한 시간 전에 당신 편지를 봤소. 나를 보자고 한 이유가 뭐요?"

"와주셔서 감사합니다. 이렇게 밖에서 뵙게 되어 죄송하지만, 확인할 게 있어서 연락드렸습니다. 왓슨과 저는 '콘월의 공포'라고 이름 붙여질 사건의 마지막을 의논하고 있었습니다. 그리고 지금은 신선한 공기가 매우 절실하기도 하고요. 우리의 의논이 박사님의 개인적인 신상에도 영향을 줄 것이기 때문에 이렇게 비밀스럽게 박사님을 모시게 되었습니다."

스턴데일 박사는 시가를 입에서 떼고 홈즈를 한동안 노려보았다.

"무슨 소리를 하는지 알 수가 없군. 내 개인 신상에 영향을 준다니 그게 무슨 말이오?"

"박사님, 모티머 트리제니스 살해 사건을 말하는 겁니다."

순간 나는 무기가 필요하다는 생각이 들었다. 스턴데일 박사의 얼굴은 분노로 얼굴이 검붉게 변하면서 이마에 파란 힘줄이 튀어나올 것 같았기 때문이다. 그는 주먹을 꼭 쥔 채 당장이라도 홈즈에게 덤벼들 기세였다. 하지만 이내 태도를 바꿔 냉정한 표정을 지으려고 애쓰는 모습을 보였다. 그러나 분노를 폭발시키려던 방금 전의 모습보다 더 무서워보였다.

"홈즈 선생, 나는 야만인들 사이에서 법과 상관없이 내 맘대로 살아온 사람이오. 당신을 해칠 생각이 있었던 건 아니니 이해하시오. 사과하겠소."

"저 역시 박사님이 다치는 것을 원치 않습니다. 그래서 경찰이 아니라 박사님을 부른 겁니다."

스턴데일 박사는 아무 말도 하지 않고 가만히 앉아 있었다. 그가 경험했던 야생의 그 어떤 모험보다도 두려웠을 것이다. 홈즈의 태도는 조용했지만 거부할 수 없는 위엄이 서려 있었기에, 스턴데일 박사는 불안했는지 손을 쥐었다 폈다 했고, 한참을 망설이다가 어렵게 말을 꺼냈다.

"난 당신 말이 무슨 뜻인지 모르겠소. 나를 협박하기 위해서 거짓말을 하는 거라면 상대를 잘못 고른 거요.

제대로 말해 보시오. 대체 무슨 말을 하는 거요?”

“내가 솔직하게 이야기하면 박사님도 솔직하게 이야기하리라 생각합니다. 제가 먼저 사실대로 이야기하죠. 내가 다음에 취할 행동은 박사님이 어떻게 하느냐에 따라 달렸습니다.”

“무슨 말을 하는 건지 모르겠소. 무슨 말을 하겠다는 거요?”

“모티머 트리제니스 살해에 대한 것이죠.”

“뭐라고요? 어이가 없군. 당신이 탐정으로 이름을 날린 것도 다 이렇게 넘겨짚은 거였소? 증거도 없이?”

“넘겨짚다니 그럴 리가 없죠. 오히려 넘겨짚은 것은 박사님 같군요. 나는 사실을 근거로 결론을 내렸습니다. 박사님이 아프리카로 떠나기 위해 짐을 맡겨놓고 플리머스에서 돌아왔다고 했죠? 그건 이런 일을 꾸미기 위한 필요 요소들에 불과했습니다.”

“나는 분명히 그곳에 있다가 이곳으로 돌아왔소.”

“박사님의 이야기를 들었을 때 뭔가 어색하다고 느꼈습니다. 하지만 그냥 넘어갔죠. 박사님은 그때 내가 무엇을 알아냈는지 몹시 궁금해 했습니다. 내가 정확히 알아낸 것이 없다고 하자 박사님은 목사관으로 갔죠.

그리고 한동안 밖에서 기다리다가 결국 박사님 집으로 돌아갔습니다.”

“그걸 당신이 어떻게 아는 거요?”

“박사님 뒤를 밟았으니까요.”

“그럴 리가. 내 주변에는 아무도 없었소.”

“저런, 제가 박사님에게 들켰을 거라고 생각하는 건 아니겠지요? 박사님은 뜬눈으로 밤을 새면서 계획을 하나 세웠을 겁니다. 이른 아침에 행동으로 옮겨야겠다고 생각했겠죠. 날이 밝자마자 박사님은 정문 옆에 있던 붉은색 자갈을 몇 개 호주머니에 넣었죠.”

스턴데일 박사는 놀라움이 가득한 눈으로 홈즈를 바라보았다.

“그리고 박사님은 목사관으로 빠르게 걸었습니다. 지금 신고 있는 밑창에 줄이 패인 테니스화를 그때도 신고 있었죠. 목사관에서 과수원을 가로질러 울타리 옆으로 간 뒤, 트리제니스의 방 창문 밑으로 갔습니다. 날은 이미 밝았지만 모두 자고 있었어요. 그래서 아까 가져온 붉은 자갈을 트리제니스의 2층 침실 창문으로 던졌습니다.”

“홈즈! 네가 바로 악마구나!”

스턴데일 박사는 벌떡 일어나 소리쳤다.

"그 말은 칭찬으로 받아들이죠. 박사님이 돌을 몇 개 던지자 트리제니스가 잠에서 깨 창가로 왔죠. 박사님은 그에게 내려오라고 했고 그는 서둘러 옷을 입고 거실로 내려갔습니다. 그 사이 박사님은 창문으로 들어가 거실에서 이야기를 잠깐 나누었습니다. 다시 창문으로 나온 박사님은 앞으로 벌어질 일을 기다리면서 시가를 한 대 피웠고요. 제 얘기는 여기까지입니다. 대체 박사님은 왜 이런 행동을 한 건가요? 살인 동기가 뭔가요? 만약 나를 속이려 든다면 박사님을 바로 경찰에 넘겨버릴 겁니다."

스턴데일 박사는 홈즈의 말을 듣더니 얼굴을 양손에 파묻고 한참 동안 괴로워했다. 그리고 갑자기 상의 주머니에서 사진 한 장을 꺼내 우리 앞에 놓았다.

"바로 이 여자 때문이오."

사진 속에는 매우 아름다운 여자가 있었다. 바로 얼마 전에 죽은 브렌다였다.

"오, 브렌다 트리제니스로군요."

"그렇소. 그녀와 나는 몇 년 동안 서로 사랑하고 있었소. 콘월에서 혼자 지냈던 이유도 바로 그 때문이었지.

사랑하는 그녀 곁에 있고 싶었으니까. 나에게는 몇 년 동안 소식이 없는 아내가 있소. 이혼하고 싶지만 까다로운 영국 법률 때문에 그럴 수 없었고, 브렌다는 그런 나를 지금까지 기다려주고 있었소. 그렇게 기다린 결과가 이렇게 되고 만 거요.”

스턴데일 박사는 격렬하게 흐느끼기 시작했고, 건장한 체격과 턱수염이 마구 흔들렸다. 그는 애써 진정하려 하면서 말을 이었다.

“목사님은 이 모든 사실을 다 알고 있소. 내가 신뢰하는 유일한 사람이었지. 나는 그에게 브렌다는 하느님이 내게 주신 천사라고 말하곤 했소. 그래서 그가 내게 전보를 쳤고 난 너무 놀라서 급히 돌아온 거요. 사랑하는 여자가 죽었다는데 돈이나 아프리카가 무슨 의미가 있겠소? 당신에게 없던 단서는 바로 이거요.”

“계속 말씀하십시오.”

스턴데일 박사는 주머니에서 작은 종이 봉지를 꺼냈다. 그 봉지에는 라틴어로 ‘Radix pedis diaboli’ 라고 적혀 있었고, 그 밑에 독극물임을 표시하는 빨간 표지가 붙어 있었다. 그는 그것을 우리에게 보여주었다.

“왓슨 씨, 당신은 의사라고 들었소. 이게 뭔지 아시오?”

"모릅니다. '악마의 발 뿌리'라는 이름이군요. 처음 들어보는 이름입니다."

"모르는 것도 무리는 아니지. 이것은 부다페스트에 있는 한 연구실에서 견본만 구했소. 유럽에는 표본조차 없고 약초, 독초로 분류되어 있지도 않으며 책에도 전혀 언급되어 있지 않소. 이 식물의 뿌리는 사람의 발과 염소의 발 모양을 반반씩 하고 있어서 어떤 선교사가 이런 이름을 붙인 거요. 서아프리카의 어떤 지역에서 주술사들이 이것을 이용해 고문을 하기도 하는데, 이건 그들이 비방으로 사용하는 독약이오. 지금 내 손에 있는 이 특별한 약초는 콩고의 우방기 지역에서 우연히 손에 넣은 것이오."

박사가 봉지를 열자 붉은 갈색의 코담배와 비슷한 가루가 나왔다.

"당신들도 트리제니스의 가족 관계는 모두 알고 있을 거요. 하지만 난 브렌다 때문에 그들 형제와 사이좋게 지냈소. 그런데 돈 때문에 가족들 간에 싸움이 일어나면서 모티머가 혼자 떨어져나갔지만 시간이 지나자 그들은 서로 화해하는 듯했고 그래서 나도 다른 두 형제들처럼 그도 다시 만났소. 사실 모티머는 교활하고 음

흉했으며 의심스러운 점도 있었지만 내가 특별히 그와 다툴 이유는 전혀 없었소.

2주 전쯤, 그가 갑자기 나를 찾아왔소. 나는 그에게 아프리카 토산품들을 보여주면서 이 가루도 보여주었소. 특이한 성질을 가지고 있다는 것도 말해 주었소. 이 가루는 공포의 감정을 조절하는 뇌를 자극시키기 때문에 이 가루를 이용해서 의식을 행하면 그 대상이 되는 토인들은 모두 미치거나 죽을 수밖에 없다는 이야기도 해주었소. 유럽의 과학으로는 이 가루를 증명해낼 수 없다는 것도 말해 주었소. 모티머가 이 가루를 어떻게 훔쳤는지는 모르겠소. 난 방을 나간 적이 없으니 아마 내가 다른 토산품을 보여줄 때 몰래 손에 넣었던 것 같소. 그는 악마의 발에 대해 매우 관심이 많았소. 효과를 내기 위해 필요한 양이 얼만지, 시간은 몇 분이나 걸리는지 등을. 하지만 난 그저 호기심 때문이라고 생각했소.

목사님의 전보를 받을 때까지 난 그 가루에 대해 모두 잊고 있었소. 아마 트리제니스는 내가 이 소식을 듣지 못하고 아프리카를 여행할 것이라고 생각했을 거요. 난 자세한 이야기를 들을 필요도 없이 그가 이 가루를 이용했다는 것을 알 수 있었소. 그래서 난 홈즈, 당신을 찾아왔소. 하지만 당신도 전혀 짐작하지 못하더군. 나는 트리제니스가 돈 때문에 이러한 짓을 저질렀다는 것을 확신했소. 다른 가족이 모두 미치거나 죽으면 모든 재산이 자신의 것이 될 테니. 그래서 자신의 가족에게 악마의 발을 사용한 거요. 결국 그의 목표대로 두 사람은 미치고 브렌다는 죽었지. 내가 사랑하는 브렌다가…….

난 그를 용서할 수 없었소. 내 짐작이 정확하다는 것은 분명했지만, 이 시골에서 내 말을 믿어줄 사람이 있을지 확신할 수 없었소. 하지만 이대로 그를 둘 수는 없었소. 복수심이 불타올랐으니까. 아까도 이야기한 것처럼 나는 무법지대에서 오랫동안 살았소. 그래서 스스로 법을 만들고 시행하기로 결심했소. 그의 생사는 내 손에 달려 있었고, 나 역시 더 이상 삶에 미련이 없었소.

자, 이제 모든 것을 다 이야기했소. 나머지는 당신이 말한 대로요. 당신 말대로 밤새 뒤척이다가 아침이 되어 그를 찾아갔소. 나는 그에게 그의 죄를 말해 주고, 판사 겸 사형집행인이 되겠다고 했소. 그리고 그놈을 의자에 앉힌 후 권총으로 꼼짝 못 하게 한 후 램프에 불을 붙이고 가루를 놓았소. 창을 통해 바깥으로 나왔지만 그가 방을 떠나지 못하도록 계속 그를 권총으로 협박했소. 5분이 지나자 그는 죽었소. 죽는 모습이 얼마나 끔찍하던지. 하지만 내 마음은 조금도 바뀌지 않았소. 아무 죄도 없는 내 여자를 그렇게 죽였으니 당연한 결과라고 생각했소. 홈즈 선생, 당신도 한 여자를 사랑했다면 나 같은 행동을 했을 거요. 이제 내 목숨은 당신에게 달렸소. 당신 맘대로 하시오. 난 죽음 따위는 두렵지 않으니.”

“복수가 끝나면 어떻게 할 생각이었습니까?”

홈즈는 한동안 아무 말도 하지 않다가 박사에게 물었다.

“아프리카에 가서 남은 생을 보낼 생각이었소. 그곳은 내가 할 일이 많이 있으니까.”

“그럼 당신 계획대로 하면 되겠군요. 난 당신을 막을 생각은 전혀 없습니다.”

스턴데일 박사는 큰 몸집을 일으켜서 예의 바르게 인사하고 걸어 나갔다. 홈즈는 파이프에 불을 붙이고 자신의 담배를 나에게 주었다.

“독 없는 연기는 기분 전환이 되는군. 왓슨, 스턴데일 박사를 풀어준 것은 자네도 불만이 없겠지? 우리는 경찰과 별도로 조사했으니 이렇게 해도 괜찮을 거야.”

“나도 자네의 결정을 존중하네. 스턴데일 박사를 비난할 수만은 없는 사건이니.”

“난 사랑이라는 것을 해본 적은 없지. 하지만 내가 사랑한 여자가 그렇게 죽었다면 스턴데일 박사 같은 행동을 했을지도 몰라. 앞으로 자네나 내가 어떤 상황에 처할지 누가 알겠는가? 자네도 짐작하고 있겠지만 빠진 부분들을 몇 개 설명해 주겠네. 창틀에 있던 자갈이 결정적인 단서였다네. 그 돌은 목사관 정원에 없는 돌이었으니까. 스턴데일 박사의 집 앞에서만 발견할 수 있는 돌이었지. 주위가 밝아진 후 켜진 램프, 램프 갓 위에 있던 갈색 가루가 모두 연결이 되자 사건의 전모가 환히 보였지. 이제 이 사건은 모두 잊는 게 좋겠군. 콘월 언어에 남은 켈트족 언어와 칼데아 언어를 연구하는 데만도 시간은 많이 부족할 테니까 말이야.”

은퇴한 물감 제조업자

The Adventure of the Retired Colorman

그날 아침 유난히 울적해 하던 홈즈는 철학적인 감상에 빠져 있었다. 그의 예민하면서도 현실적인 정신 상태는 그런 반응을 자주 일으키곤 했다.

"자네, 지금 그 사람 봤나?"

홈즈가 물었다.

"방금 나간 노인을 말하는 긴가?"

"그렇다네."

"봤지, 집에 들어오다가 마주쳤다네."

"그 노인을 보니 어떤 느낌이 들던가?"

"흠, 슬프고 허전해 보였어. 낙담한 사람 같았지."

"왓슨, 맞아. 슬프고 허전하지. 하지만 인생이란 원래 그런 것 아닌가? 그 노인의 인생이 모든 삶이 가는 길을 대표하는 것 같더군. 우리는 손을 뻗고 닥치는 대로 아무거나 움켜잡지. 하지만 마지막에 자신의 손에 무엇이 남아 있을까? 아마 비참함일 거야."

"그 노인은 자네 의뢰인인가?"

"그렇게 볼 수 있지. 런던 경찰청에서 노인을 이리로 보냈다네. 의사들이 가끔 불치병 환자를 돌팔이 의사한 테 보내는 것처럼 말이지. 그들은 더 이상 방법이 없다 고 말하면서 환자에게 무슨 일이 생겨도 현재 상태보다 더 나빠지지 않을 거라고 주장하지 않던가."

"그 노인은 무슨 문제로 온 건가?"

홈즈는 탁자 위에서 약간 지저분한 명함을 집었다.

"노인의 이름은 조사이어 앰벌리. 그가 한 말에 따르 면, 미술 재료를 제조하는 브릭 폴 앤 앰벌리사의 부사 장이었다고 하더군. 아마 그림물감 상자를 찾아보면 그 회사 이름을 볼 수 있을 거야. 영감은 재산을 꽤 모은 뒤 61세의 나이로 은퇴했다네. 그리고 루이셤에 집을 사고 평화로운 노년을 즐기려고 했지. 누구나 노인이 상당히 안정된 미래를 보낼 거라고 생각했겠지."

"내가 생각해도 그렇군."

홈즈는 봉투 뒷면에 적어 놓은 메모를 살짝 쳐다보 았다.

"노인은 1896년에 은퇴했고 1897년에 스무 살 연하의 여성과 결혼했어. 사진이 실물보다 나은 게 아니라면 그의 아내는 상당히 미인이군. 여유 있는 재산, 젊고 아름다운 아내, 편안한 집에서의 일상……. 노인의 앞날은 그야말로 탄탄대로였지. 하지만 자네도 좀 전에 본 것처럼 노인은 2년 만에 저렇게 비참한 몰골로 돌아다니게 되었다네."

"무슨 일이 있었던 건가?"

"왓슨, 사실 흔해 빠진 얘기라네. 배신한 친구와 바람난 마누라 이야기지. 앰벌리의 유일한 취미는 체스였다더군. 그런데 노인이 사는 루이셤에서 그리 멀지 않은 곳에 체스를 두는 젊은 의사가 살고 있었어. 여기에 그 의사의 이름인 '레이 어니스트 선생'을 적어두었지. 어니스트는 체스를 두기 위해 앰벌리 노인의 집에 자주 드나들었고 자연스럽게 부부와 친해지게 되었지. 그런데 우리의 불운한 의뢰인의 내면까지는 잘 모르겠지만 적어도 외모에서 풍기는 매력은 별로 없는 사람이지 않던가. 결국 그 의사와 앰벌리 부인은 지난 주에 같이 도망가 버렸다는군. 두 사람의 행방은 아직도 알아내지 못했다네. 게다가 그 부정한 여인은 도망치면서 영감의 거의 전 재산이 들어 있는 서류 상자를 가져가 버렸어. 과연 우리가 그녀를 찾아낼 수 있을까? 돈도 전부 다시 찾고? 흔해 빠진 사건에 불과하지만 조사이어 앰벌리한 테는 생사가 걸린 중요한 문제가 되는 거지.”

“자네는 이제 어떻게 할 생각인가?”

“사실 지금 당장의 문제는 내가 아니라 자네라네. 자네가 인심 좋게 내 역할을 대신해 준다면 말이지. 자네도 알겠지만 나는 지금 두 콥트교(이집트에서 가장 오래된 교황제의 기독교 종파) 장로 사건에 매달려 있는데 오늘이 고비가 될 거라네. 그래서 루이섬에 갈 시간이 없어. 그런데 이 사건은 현장 증거를 수집하는 것이 상당히 중요할 것 같아. 노인은 나에게 끈질기게 와달라고 졸랐지만 나는 어려울 것 같다고 설명했지. 지금 노인은 내 대리인을 맞을 마음의 준비가 되어 있다네.”

“물론 당연히 가야지.”

나는 시원스럽게 대답했다.

“그런데 솔직하게 말해서 내가 얼마나 도움이 될지는 잘 모르겠군. 하지만 할 수 있는 한 최선을 다하겠네.”

그런 이유로 어느 여름 오후, 나는 루이섬을 향해 출발했다. 그때까지만 해도 내가 맡은 사건이 영국 전역을 발칵 뒤집어놓을 거라고는 꿈에도 생각하지 못했다. 나는 저녁 늦게 베이커 가로 돌아갔고 내가 한 일에 대해 홈즈에게 보고했다. 홈즈는 푹신한 의자에 몸을 파묻고 앉아서 내 이야기를 들었다. 파이프에서는 독한 담배 연기가 피어올랐고, 그는 졸고 있는 사람처럼 눈을 감고 있었다. 그러나 내가 말을 잠깐 멈추거나 뭔가 미심쩍은 대목이 나오면 날카롭게 빛나는 눈을 반쯤 뜨고 탐색하는 듯한 시선으로 나를 바라보곤 했다.

"조사이어 앰벌리의 집은 헤이븐 저택이라고 불린다네."

내가 설명을 시작했다.

"아마 자네도 그 집을 보면 상당히 흥미로울 거야. 그 집은 신분이 낮은 무리 속으로 떨어진 인색한 귀족 같은 느낌이라네. 자네도 그 지역에 대해선 이미 알고 있을 거야. 단조로운 벽돌 건물이 늘어선 거리, 지루한 교외의 도로 등이 있지. 그 한가운데 오래된 집이 고색창연한 문화와 안락함 속에 마치 섬처럼 자리 잡고 있더군. 햇볕을 받아 뜨끈하게 달궈진 높은 담은 지의류로 뒤덮여 있고 맨 위에는 이끼가 자라고 있었다네."

"왓슨, 시는 그만 읊는 게 좋겠군."

홈즈는 매정하게 내가 하는 말을 잘랐다.

"그냥 높은 벽돌담이라고 말해도 될걸세."

"알겠네. 나는 길거리에서 담배를 피우는 어느 남자한테 물어보고 나서야 그 집이 헤이븐 저택이라는 걸 알 수 있었지. 내가 굳이 그 남자 이야기를 하는 데에는 다 그만한 이유가 있다네. 그는 얼굴이 새카맣고 키가 큰 남자였는데, 콧수염을 잔뜩 길러서 꼭 군인처럼 보이더군. 내 질문에 고갯짓으로 그 집을 가리키고는 묘하게 살피는 듯한 눈으로 나를 쳐다보았네. 그리고 잠시 후에 그를 다시 보게 되었지. 대문 안에 들어서자마자 앰벌리 씨가 진입로를 내려오는 게 보였어. 오늘 아침 그 노인을 언뜻 보았을 때도 꽤 묘한 느낌을 받았는데, 환한 햇살 속에서 보니까 그가 훨씬 더 비정상적인 사람처럼 보였어."

"노인 얼굴이야 나는 자세히 봤지만, 자네는 어떤 인상을 받았는가?"

홈즈가 말했다.

"자네에게 들은 말 그대로 근심에 억눌린 사람 같았어. 등은 무거운 짐을 진 사람처럼 구부정했지만 겉모습과는 달리 아주 약골은 아니었네. 어깨와 가슴이 거인처럼 떡 벌어졌더군. 하지만 몸통은 점점 가늘어져서 다리는 두 개의 물렛가락처럼 가늘더군."

"왼쪽 신발은 쭈글쭈글하고 오른쪽 신발은 매끈한 것 도 보았는가?"

"그건 못 봤는데."

"나는 노인을 처음 봤을 때부터 의족을 했다는 걸 눈치 채고 있었다네. 하던 얘기를 계속하게나."

"낡은 밀짚모자 밑으로 구불구불 흘러내린 반백의 머리와 굵은 주름살이 깊이 팬 사납고 열띤 얼굴을 보고 나는 그만 깜짝 놀랐지 뭔가."

"오, 훌륭하군. 노인이 뭐라고 말하던가?"

"앰벌리 씨는 자신의 괴로운 이야기를 털어놓기 시작했어. 우리는 진입로를 같이 걸어가게 되었고, 나는 주위를 유심히 살폈다네. 그렇게 형편없이 방치된 곳은 처음 봤어. 정원은 완전히 잡초밭이더군. 얼마나 무관심하게 버려두었는지 정원에 있는 풀과 나무는 인공미를 완전히 잃어버리고 자연 상태가 되어 있었지. 집안의 주부가 어떤 여자였는지 이해가 가지 않았어. 그런 상태를 견딜 수 있다니 말이야. 물론 집 안도 똑같이 난장판이었지만 가엾은 노인네는 그것을 의식하고 좀 고쳐보려고 노력하는 것 같더군. 홀 중앙에 커다란 녹색 페인트 통이 놓여 있고 노인은 왼손에 큼직한 붓을 들고 있었으니까. 내가 도착했을 때는 벽에 페인트를 칠하는 중이었다고 하더군.

노인은 나를 음침한 서재로 안내했고 우리는 사건에 대해 긴 대화를 나눴네. 자네가 오지 않아서 노인은 무척 실망한 눈치였다네.

'물론 나처럼 보잘것없는 사람이, 게다가 엄청난 재정적 손실을 입었으니 셜록 홈즈 선생 같은 유명인사의 관심을 끌 수 있다고 생각하진 않았소이다.'

노인은 이렇게 말했지. 나는 돈 문제에 대해서는 걱정할 게 없다고 노인을 안심시켜주었어.

'그렇겠지요. 홈즈 선생에게 예술은 그 자체가 목적이니까요. 하지만 범죄의 예술적인 측면을 놓고 본다면 이 사건에서 뭔가 배울 만한 게 있을 거요. 왓슨 박사, 인간성에 대해 생각해 본 적 있소? 아, 그 배은망덕함이라니! 나는 아내의 부탁을 한 번도 거절한 적이 없소. 나처럼 모든 응석을 다 받아준 남편은 아마 없을 거요. 그리고 그 젊은 의사……, 나는 그놈을 아들처럼 대해주었소. 놈은 우리 집을 마치 자기 집처럼 드나들었소.

그런데 그들이 나를 이렇게 대접하다니! 왓슨 박사, 정
말 무서운 세상이오!'

　노인은 한 시간 이상 같은 얘기를 쉼 없이 되풀이했
네. 두 사람이 간통했다고 철석같이 믿고 있더군. 그 집
에는 낮에 출근했다가 저녁 6시에 퇴근하는 일하는 여
자 하나를 제외하면 부부가 단둘이서 살고 있었어. 그
들이 도망친 날 저녁, 앰벌리 노인은 아내를 기쁘게 해
주기 위해 헤이마켓 극장 2층의 원형 관람석 표를 두
장 구입했다고 하더군. 그런데 부인이 머리가 아프다면
서 가지 않겠다고 해서 노인이 혼자 갔다더군. 그 점에
대해서는 재론의 여지가 없었어. 노인은 쓰지 못한 표
한 장을 꺼내서 보여주었다네."

　"오, 정말 놀라운 이야기군."

　홈즈는 내가 이야기를 할수록 사건에 점점 흥미를 느
끼는 것 같았다.

　"왓슨, 계속하게나. 자네 얘기를 들어보니 정말 재미
있구먼. 그런데 표를 직접 봤나? 물론 좌석번호를 기억
하지는 못하겠지?"

　"이번에는 좌석번호까지 기억하고 있다네."

　나는 자랑스럽게 대답했다.

"사실, 학창 시절의 내 번호와 똑같았거든. 31번, 그래서 머릿속에 쏙 들어왔지."

"정말 잘했군! 기대 이상이야! 그럼 그 노인의 좌석 번호는 30번 아니면 32번이겠군."

"그렇지."

나는 어안이 벙벙해져서 대답했다.

"그리고 B열이었네."

"정말 마음에 쏙 드는군. 또 무슨 얘길 했나?"

"나한테 금고를 보여주었다네. 은행에 있는 것과 똑같더군. 철문에 철제 덧문까지 달려 있었으니까. 노인 말대로 완벽한 도난 방지 시설 같았어. 하지만 부인이 열쇠를 복제해 두었던 것 같아. 그래서 남자와 같이 도망칠 때 7천 파운드 상당의 현금과 유가증권을 가져갔다고 하더군."

"유가증권이라니! 대체 그걸 어떻게 처분할 생각이었을까?"

"노인은 경찰에 주식 목록을 제출했다고 하더군. 두 사람에게 그게 무용지물이 되기를 바란다면서 말이야. 하던 얘기를 계속하겠네. 그날 자정쯤에 극장에서 돌아와 보니 집 안은 난장판이었고 문과 창문은 활짝 열려 있었다고 말하더군. 두 남녀는 이미 도망치고 없었다고 했네. 편지나 무슨 얘기 같은 것도 없었고, 그 후론 아무 소식도 듣지 못했다고 하네. 노인은 곧장 경찰에 신고했지.”

홈즈는 잠시 동안 생각에 잠겨 있었다.

“아까 자네는 영감이 페인트칠을 하고 있었다고 했지. 어느 곳에 페인트를 칠하던가?”

“음, 복도였네. 하지만 방문과 방금 말한 금고의 나무 벽에는 벌써 페인트칠이 꽤 되어 있었어.”

“그런 상황에서 페인트칠을 하다니 좀 이상하지 않나?”

“노인은 그것에 대해 이렇게 설명했네. ‘사람은 아픔을 잊기 위해서는 뭔가를 해야 하지요.’ 물론 괴상한 행동이긴 하지만 그 노인부터가 아주 괴상한 사람인 것 같았어. 내 앞에서 부인의 사진을 미친 듯이 거칠게 찢더군. 그러면서 이렇게 마구 소리를 질렀네. ‘이 몹쓸 여자의 얼굴은 다시 보고 싶지 않소.’ 라고 말이야.”

“왓슨, 그 밖에 다른 건 없나?”

“아, 자네가 물어보니 한 가지 더 생각나는 게 있군. 나는 마차를 타고 블랙히스 역으로 가서 기차를 탔다네. 기차가 막 떠나려는데 어떤 사내가 내가 탄 다음 칸으로 잽싸게 뛰어오르는 게 보였어. 홈즈, 자네가 아는지 모르지만 나는 사람의 얼굴을 상당히 잘 기억한다네. 그는 내가 헤이븐 저택이 어딘지 물어봤던 거리의 그 까만 키다리가 틀림없었어. 나는 런던교에서 그를 한 번 더 보긴 했지만 인파 속에서 그만 놓치고 말았지. 하지만 그자는 내 뒤를 따라온 게 분명해.”

“그건 틀림없는 것 같군.”

홈즈가 말했다.

“얼굴이 시커멓고 콧수염을 잔뜩 기른 키다리라. 혹시 회색 선글라스를 끼지 않았나?”

“홈즈, 자네는 마치 마술사 같군. 내가 말하지도 않았는데 그자가 회색 선글라스를 끼고 있었다는 사실을 알다니!”

“게다가 프리메이슨의 넥타이핀을 꽂고 있었지?”

“아니 홈즈! 대체 그걸 어떻게 아는 건가?”

“사실 알고 보면 그건 아무것도 아니야. 하지만 실제적인 문제로 들어갈 필요가 있군. 솔직히 말해서 처음에 이 사건은 내가 나설 필요가 없을 만큼 단순해 보였네. 그런데 급속도로 전혀 다른 양상을 드러내고 있군. 자네는 임무를 수행하는 과정에서 중요한 것을 다 놓쳤지만 우연히 자네 눈에 띈 것들도 예사로운 것이 아닌 듯해.”

“내가 무엇을 놓쳤다는 건가?”

“왓슨, 기분 나빠하지 말게. 나는 배려가 부족한 사람이지 않은가. 누구라도 자네보다 잘하지는 못했을 거야. 하지만 자네가 핵심적인 요소 몇 가지를 놓쳤다는 건 분명해. 앰벌리라는 노인과 그 아내에 대한 동네 사람들의 의견은 어떠한지, 어니스트 선생은 어떤 사람인지 혹시 바람둥이는 아니었는지를 알아보지 않았으니까. 자네의 타고난 좋은 성격을 이용했다면 아마 마을의 모든 여자들이 자네를 도우려고 나섰을걸세. 우체국 아가씨나 야채 장수 마누라도 있지. 나는 자네가 블루 앵커의 새파란 아가씨한테 의미 없는 부드러운 말을 속삭여주고 답례로 쓸 만한 얘기를 얻어듣는 모습을 상상했다네. 그런데 자네는 이런 일을 전혀 하지 않았지.”

“그런 일은 앞으로 다시 할 수 있지 않은가?”

“사실 내가 벌써 했다네. 전화와 런던 경찰청 덕분에 이 방에서 나가지 않고도 핵심적인 정보를 수집할 수 있었어. 내가 수집한 정보에 따르면 노인이 자네한테 한 이야기는 모두 사실일세. 앰벌리는 그곳에서 소문난 구두쇠인 데다가 부인에게도 모질고 가혹하게 굴었던 것으로 유명하더군. 자택 금고에 거액의 돈을 보관했다는 것도 틀림없는 사실이야. 어니스트라는 미혼의 젊은 의사가 노인과 체스를 둔 것도 사실이고 아마 그의 마누라와도 놀아났을 거야. 모든 게 완벽한 조건을 이루고 있기 때문에 사람들은 더 이상 애기할 게 없다고 생각하고 있지. 하지만 내가 보기에는 그 외에 다른 게 더 있는 것 같아.”

“어디에 문제가 있는 건가?”

“아마도 내 상상 속이겠지. 이제 그 애기는 그만하자고. 음악이라는 또 다른 문을 통해 지루한 일상에서 벗어나 보세나. 오늘 밤, 카리나가 앨버트 홀에서 노래를 부르는데, 우리에겐 정장을 차려입고 가서 만찬을 들며 즐길 시간이 있다네.”

다음 날, 나는 아침에 일찍 일어났지만 토스트 부스러기와 달걀 껍데기 두 개를 보니 홈즈는 여느 때처럼 나보다 더 빨리 일어난 것이 분명했다. 식탁 위에는 급하게 쓴 쪽지가 놓여 있었다.

왓슨,

조사이어 앰벌리 노인 사건과 관련해서 내가 연락을 취해야 할 곳이 두어 곳 있다네. 그렇게 하면 우린 사건을 해결할 수 있을 것 같군. 물론 아닐 수도 있지만. 오늘 3시경에 집에 있어주면 좋겠군. 물론 내 부탁을 들어줄 수 있겠지?

- S. H.

온종일 홈즈는 집에 그림자도 비치지 않았다. 하지만 쪽지에 적힌 시간이 되자 생각에 잠긴 심각하고 냉정한 얼굴의 홈즈가 집으로 돌아왔다. 나는 지금 같은 상황에서는 그를 그냥 내버려두는 게 낫다는 걸 잘 알고 있었다.

"앰벌리가 혹시 여기를 다녀갔나?"

"아니 오지 않았는데."

"이런, 여기 올 줄 알았는데."

하지만 홈즈는 실망할 필요가 없었다. 얼마 안 되어 노인이 무척 근심스럽고 당황한 모습으로 찾아왔기 때문이다.

"홈즈 선생, 나한테 전보가 한 통 왔소. 그런데 무슨 말인지 도저히 이해할 수가 없소."

　노인은 전보를 홈즈에게 건네주었고 홈즈는 큰 소리로 낭독했다.

　당장 와주시오. 귀하가 최근에 입은 손실에 대한 정보를 제공하겠소.

　　　　　　　　　　　　　　　　　　　- 엘먼, 목사관.

"리틀 펄링턴에서 2시 10분에 전송되었군."

홈즈가 말했다.

"리틀 펄링턴은 에섹스에 있는 지역 같군요. 아마 프린턴에서 멀지 않을 겁니다. 당장 출발하는 게 좋겠군요. 이 전보는 책임 있는 인사인 교구 목사가 보낸 것이니까요. 내 성직자 인명부가 어디 있지? 그래, 여기 있군. 'J. C. 엘먼, 문학 석사, 리틀 펄링턴과 무스무어의 목회자.' 왓슨, 기차 시간을 확인해 주게."

"리버풀 가에서 5시 20분에 한 대 있군."

"좋아. 자네가 노인을 모시고 같이 가게. 무슨 도움이나 조언이 필요할지도 모르니까. 이 사건은 중대한 국면을 맞게 된 것 같네."

하지만 의뢰인은 별로 내키지 않는 표정이었다.

"홈즈 선생, 내가 보기엔 어리석은 일 같소. 목사가 이 사건에 대해 아는 게 뭐가 있겠소? 거기 가는 건 시간 낭비고 돈 낭비일 거요."

"아무것도 모르면서 앰벌리 씨에게 전보를 쳤을 리가 없습니다. 당장 가겠다고 답신을 보내주십시오."

"난 갈 생각이 전혀 없소이다."

홈즈는 아주 단호한 표정을 지었다.

"앰벌리 씨, 이렇게 명백한 단서가 있는데도 조사하는 걸 원치 않는다면 저는 물론이고 경찰에서도 아주 좋지 않은 인상을 받을 겁니다. 우리는 당신이 사건 조사에 별로 열의가 없다고 생각할 수도 있고요."

노인은 펄쩍 뛰었다.

"아니, 선생이 그런 식으로 생각한다면 물론 갈 거요. 그냥 느낌이지만 그 목사라는 사람이 뭘 알 것 같지 않아서 그랬소. 하지만 선생 생각이 그렇다면 갈 거요."

"네, 제 생각은 그렇습니다."

홈즈는 정색을 한 채 대답했고 우리는 바로 출발했다. 홈즈는 우리가 방을 나서기 전 나를 한쪽 구석으로 데려가서 조언을 한 마디 했다. 그는 이번 일을 무척 중요하게 여기는 것 같았다.

"무슨 일이 있더라도 반드시 노인과 함께 있게. 노인이 다른 곳으로 가거나 집으로 돌아가면 가까운 전화 교환국으로 달려가서 '도주'라는 한 마디를 하게나. 나는 자네가 여기로 전화하면 당장 내가 있는 곳으로 연락이 닿도록 조치해 놓겠네."

리틀 펄링턴은 외진 곳에 있었기 때문에 찾아가기 쉬운 곳은 아니었다. 그 여행의 추억은 전혀 아름답지 않았다. 날씨는 매우 더웠고 기차는 느린 데다가 동행인은 입이 잔뜩 나와서 비꼬는 투로 거기 가도 소용없다는 얘기를 툭툭 던질 뿐 내내 입을 다물고 있었다. 드디어 우리는 작은 역에 도착했고, 목사관까지는 역에서 마차를 타고 3킬로미터를 더 들어가야 했다. 목사관에 도착하자 체격이 크고 근엄하며 조금 살집이 있는 목사가 서재에서 우리를 맞았다. 그의 앞에는 우리가 보낸 전보가 놓여 있었다.

"자, 신사 여러분! 제가 무얼 도와드려야 할까요?"
목사가 물었다.
"저희는 목사님의 전보를 받고 왔습니다."
내가 설명했다.

“제가 전보를 보냈다고요? 전 그런 적 없소만.”

“목사님께서 조사이어 앰벌리 씨한테 이분의 부인과 돈에 대해 써 보낸 전보 말입니다.”

“아니, 지금 저에게 장난을 하고 있는 건가요? 대체 무슨 말이죠?”

목사는 벌컥 화를 내면서 말했다.

“선생이 말한 신사는 알지도 못할 뿐만 아니라 오늘 누구한테도 전보를 보낸 적이 없소.”

노인과 나는 어이가 없어서 서로 마주보았다.

“아마 무슨 착오가 있었나 보군요. 여기 목사관은 두 개인가요? 여기 저희가 받은 전보를 가져왔습니다. ‘엘먼’이라는 서명이 되어 있고 주소는 ‘목사관’이라고 적혀 있어요.”

“선생, 목사관은 여기 하나뿐이고 목사도 나 하나요. 이 전보는 조작이군요. 누가 이걸 보냈는지는 경찰에서 조사하도록 하지요. 더 이상 이런 대화를 계속하고 싶은 생각이 없으니 나가주시오.”

앰벌리 씨와 나는 영국에서 제일 후미지고 으슥해 보이는 마을길로 나오게 되었다. 우리는 전신국을 찾아갔지만 이미 문이 닫혀 있었다. 다행히 레일웨이 암스 상점에 전화가 한 대 있었고, 홈즈와 겨우 연락을 취할 수 있었다. 나는 이 놀라운 여행 결과에 대해 보고했다.

"오, 정말 이상한 일이군!"

홈즈의 목소리가 유난히 멀게 들렸다.

"왓슨, 오늘 밤에는 돌아오는 기차가 없는데 이를 어쩌나. 나도 모르게 자네를 시골 여인숙으로 몰아넣게 되었군. 하지만 항상 아름다운 자연이 곁에 있지 않은가. 또 조사이어 앰벌리 씨도 있고 말이야. 자네는 그와 친해질 수 있는 시간을 가질 수 있을 거야."

홈즈가 수화기를 내려놓으며 웃는 소리가 들렸다.

노인이 마을에서 구두쇠로 소문난 데에는 그럴 만한 까닭이 있었다. 노인은 여행 경비 문제를 놓고 불평을 하면서 삼등칸을 타자고 주장하더니 이제는 숙박비가 너무 비싸다고 소란을 피웠다. 다음 날 아침, 런던에 겨우 도착했을 때 나는 노인 못지않게 마음이 꼬여 있었다.

"가는 길에 베이커 가에 들르는 게 좋겠군요. 홈즈 선생이 새로운 정보를 줄지도 모르니까요."

"이번에는 지난번보다 나아야 할 거요."

앰벌리는 심술궂은 표정으로 말했지만, 노인은 나와 함께 베이커 가로 갔다. 나는 홈즈에게 도착 시간을 미리 전보로 알려놓았지만 집에 가보니 그는 없었다. 오히려 루이셤에서 우릴 기다린다는 메모가 남아 있었다. 우리는 깜짝 놀랐지만 다시 노인의 집에 도착했을 때는 더욱 놀라지 않을 수 없었다. 거실에는 홈즈만이 아니었다. 냉정하고 무표정한 남자가 옆에 앉아 있었던 것이다. 그는 시커먼 낯빛에 회색 선글라스, 그리고 넥타이에는 큼직한 프리메이슨 핀이 꽂혀 있었다.

"조사이어 앰벌리 씨, 이쪽은 제 친구인 바커입니다."

홈즈가 말했다.

"제 친구도 당신 사건에 관심이 아주 많답니다. 우리는 그동안 따로 활동했지만 당신한테 묻고 싶은 건 동일하군요."

앰벌리 씨는 몸을 도사린 채 앉아 있었다. 노인은 위험이 다가오는 걸 느낀 듯했다. 긴장한 눈매와 부들부들 떠는 안면 근육을 보면 다르게 생각할 수가 없었다.

"홈즈 선생, 나에게 묻고 싶은 게 뭐요?"

"알고 싶은 건 하나예요. 시신 두 구를 어떻게 했죠?"

노인은 쉰 비명을 지르며 벌떡 일어섰다. 그리고 뼈마디가 불거진 손으로 허공을 긁으며 입을 딱 벌렸다. 순간적으로 그는 무시무시한 맹금류처럼 보였다. 우리는 잠깐이었지만 조사이어 앰벌리의 본모습, 즉 육체만큼이나 뒤틀린 영혼을 가진 무서운 악마를 본 것이다. 노인은 도로 의자에 주저앉으며 터져 나오는 기침을 틀어막으려는 듯이 손으로 입을 막았다. 홈즈는 재빨리 달려가서 노인의 얼굴을 붙잡고 아래로 눌렀다. 숨이 막혀 벌어진 입술 사이로 하얀 알약이 떨어졌다.

"조사이어 앰벌리, 쉬운 지름길을 택하게 할 수는 없지. 품위와 질서를 지키는 게 나을 거야. 바커, 내가 말한 것은 어떻게 되었나?"

"바로 문 앞에 마차를 대기시켜두었어."

과묵한 홈즈의 친구가 말했다.

"경찰서까지는 겨우 몇 백 미터밖에 안 된다네. 같이 가도록 하지. 왓슨, 자네는 여기서 잠깐만 기다리게. 30분 안에 돌아올 거야."

어깨가 떡 벌어진 늙은 물감 제조업자는 사자 같은 완력을 갖고 있었지만 거친 남자를 다루는데 익숙한 두 사람 앞에서는 힘을 쓰지 못했다. 노인은 몸부림치고 몸을 비비 꼬며 대기 중인 마차를 향해 끌려갔고, 나는 혼자 남아서 이 불길해 보이는 집을 지키고 있었다. 홈즈는 그가 말한 대로 30분이 채 되기도 전에 똑똑해 보이는 젊은 경위와 함께 집으로 돌아왔다.

"일처리는 바커한테 맡겨놓고 왔네."

홈즈가 말했다.

"왓슨, 자네는 아마 바커를 처음 봤을 거야. 서리 해안에서 그는 나의 가장 좋은 적수이기도 해. 그래서 자네가 얼굴이 까만 키다리 얘기를 했을 때 나는 그가 누군지 바로 짐작할 수 있었다네. 그는 몇몇 사건을 훌륭하게 해결한 적이 있지. 경위, 그렇지 않은가?"

"몇 번 간섭한 적이 있는 건 분명하지요."

경위는 무뚝뚝한 말투로 대답했다.

"그 친구의 방식도 나만큼이나 변칙적이야. 그런데 그 방식이 유용할 때가 꽤 많다네. 경위 자네가 앰벌리에게 정해진 규칙대로, 당신이 한 말은 불리한 증거로 사용될 수 있다고 아무리 경고해도 그 악당의 자백을 끌어내지는 못했을 테지."

"그랬을 겁니다. 하지만 홈즈 선생님, 그래도 우리는 결국 목적을 달성한답니다. 경찰이 이 사건에 대해 아무 생각이 없었고, 결국 범인 체포에 실패했을 거라고 상상하지 마십시오. 우리는 선생님께서 중간에 끼어들어 경찰이 쓸 수 없는 방법을 이용해 공을 가로챌 때면 정말 마음이 좋지 않답니다."

"매키넌, 그런 가로채기는 없을 거라네. 분명히 말해 두지만 나는 이제부터 발을 빼도록 하지. 그리고 바커는 나에게 사건의 진상을 들은 것 빼고는 전혀 한 일이 없어."

경위는 매우 안심하는 눈치였다.

"홈즈 선생님, 정말 관대하시군요. 선생님은 칭찬을 받든 비난을 받든 별 문제가 될 게 없을 겁니다. 하지만 신문에서 질문 공세를 퍼붓기 시작하면 우리 경찰한테는 완전히 다른 문제가 되거든요."

"뭐 그렇겠지. 하지만 질문 공세를 받게 될지도 모른다면 대답을 미리 준비해 놓게. 만약 똑똑하고 열정 넘치는 기자가 의혹을 품게 된 경위와 진실을 깨닫게 된 결정적인 계기가 무엇이냐고 물으면 자네는 뭐라고 대답할 건가?"

경위는 잠시 당황한 듯이 보였다.

"홈즈 선생님, 아직 완벽하게 진실을 파악하지는 못한 것 같습니다. 선생님은 아까 용의자가 세 명의 증인이 보고 있는 데서 자살 미수에 그쳐 자신이 아내와 그 정부를 살해했다는 것을 사실상 자백한 것이라고 말씀하셨지요? 다른 사실은 아직 파악하지 못하셨습니까?”

“가택 수색은 어떻게 되어가고 있나?”

“지금 경관 셋이 수색 중입니다.”

“그렇다면 곧 결정적인 증거가 나오겠군. 시신은 집 안에 있을 테니까. 지하실과 정원을 비롯하여 그럴듯한 장소를 파본다면 아마 오랜 시간이 필요하진 않을 거야. 아, 그리고 이 집은 수도관보다 더 오래된 집이니 우물이 있을 거야. 그 속을 찾아보게.”

“대체 이 모든 사실을 어떻게 아셨습니까? 도대체 이 사건의 진실은 무엇입니까?”

“먼저 사건 경위부터 말해 주도록 하지. 그 다음에 시종일관 중요한 역할을 해준 끈기 있는 내 친구 왓슨 박사도 듣고 싶어할 설명을 해주도록 하겠네. 하지만 먼저 그 노인의 정신 상태에 대한 내 입장을 밝히고 싶군. 노인은 아주 보기 드문 정신 상태인 것 같아. 내가 보기엔 교수대보다는 브로드무어 수용소(정신 장애 범죄자 수용소)로 가야 한다고 생각하네만. 노인은 현대 영국인이라기보다는 중세 이탈리아인의 기질에 가까운 성격을 가지고 있지. 매우 극단적인 정신 상태라는 뜻일세. 그는 정말 지독한 구두쇠였는데 너무 인색하게 굴어서 부인에게 비참함을 느끼게 만들었어. 부인은 그 생활이 너무 힘들고 괴로운 나머지 아무리 매력 없는 남자한테라도 달려갈 준비가 되어 있었다네. 그런데 갑자기 체스를 두는 의사가 나타난 거지. 앰벌리는 실제로 체스를 매우 잘 뒀다네. 그건 교활한 정신의 징표라고 볼 수 있기도 해. 구두쇠들 대부분이 그렇지만 노인 역시 질투가 매우 심했는데, 그의 경우 질투심은 광란으로까지 발전했지. 주인공이 모두 사망했으니 사실 여부는 이제 알 수 없지만 노인은 둘의 간통을 의심했다네. 그래서 복수하기로 결심하고 악마적인 교활함을 발휘하여 계획을 세운 거야. 이쪽으로 와보게!"

홈즈는 마치 그 집에서 살아본 사람처럼 앞장서서 거침없이 복도를 지났고 금고의 열린 문 앞에 섰다.

"이런, 페인트 냄새가 정말 지독하군요!"

경위가 소리쳤다.

"이게 우리의 첫 번째 단서였지."

홈즈가 말했다.

"자네는 그 점에 대해 왓슨 박사의 관찰력에 감사해야 할 거야. 비록 적절한 추리를 끌어내는 데에는 실패했어도 이 점은 완벽하게 파악했지. 내가 이상한 낌새를 처음 느꼈던 것은 바로 페인트였네. 노인이 하필 지금 집 안을 강한 냄새로 채운 이유는 무엇일까? 분명히 다른 냄새를 숨기고 싶어서였을 거야. 그건 남의 의혹을 불러일으킬 만한 범죄와 관련된 거였겠지. 그러자 바로 여기 있는 철문과 철제 덧문이 달린 밀폐된 방이 생각났네. 두 가지 사실을 합쳐보면 생각나는 게 있지 않은가? 나는 이 집을 직접 살펴봐야 결론을 내릴 수 있다고 생각했지.

사실 이 사건이 예사롭지 않다는 것은 진작부터 간파하고 있었어. 왜냐하면 왓슨 박사의 날카로운 안목 덕택에 헤이마켓 극장 매표소의 입장 현황을 살펴보게 되었거든. 그날 밤 2층 원형 관람석 B열의 30번과 32번은 모두 공석이었고, 이것은 앰벌리가 극장에 가지 않았다는 걸 증명하는 것이며, 그의 알리바이 역시 성립되지 않는 것이지. 영감이 눈치 빠른 내 친구한테 아내를 위해 샀다는 극장표의 번호를 보여준 것은 오히려 그에게 덫이 된 셈이지.

이제 문제는 어떻게 이 집을 조사해야 하는가였네. 나는 상상도 하기 어려운 외진 마을로 요원을 보내 용의자를 초대하도록 했지. 그날 밤 안으로 돌아올 수 없는 시간을 택해서 말이야. 혹시라도 어긋나는 일이 없도록 왓슨 박사를 함께 보냈고. 그 선량한 목사님의 이름은 물론 내 성직자 인명부에서 선택했지. 내 말이 이해되는가?"

"오, 정말 뛰어난 능력을 갖고 계시는군요. 뭐라 할 말이 없습니다."

경위는 존경심이 가득한 목소리로 말했다.

"노인이 집에 없었기 때문에 나는 방해받을 염려가 없었지. 사실 내가 가장 자신 있는 장기는 도둑질이라네. 나는 이 집에 침입해서 조사를 해보고 싶었지. 내가 전면에 나설 필요가 있는 사건이라는 것을 확신하고 있었기 때문이야.

내가 발견한 것을 잘 살펴보게. 저기 벽 아래쪽을 따라 가스 배관이 지나가는 게 보이나? 가스 배관은 모서리에서 위로 올라가고 저 귀퉁이에 벨브가 달려 있어. 그리고 가스관은 계속 이어져 금고가 놓여 있는 방 안으로 들어가 천장 한가운데로 올라가서 끝나네. 가스 배관은 벽의 흙과 장식으로 교묘하게 위장되어 있고. 그런데 배관 끝은 그대로 열려 있어 언제든지 바깥에서 벨브를 돌리면 방 안은 가스로 가득 차게 되는 구조라는 것을 알 수 있지. 금고실 문과 철제 덧문을 잠그고 꼭지를 최대한 열어놓으면 저 작은 방에 갇힌 사람은 2분도 안 돼서 의식을 잃고 말 거야. 영감이 어떤 수단을 써서 그 두 사람을 저 방으로 유인했는지는 아직 모르겠네. 하지만 일단 저 안에 들어간 뒤에는 탈출할 방법이 없었을 거야.”

경위는 흥미로운 듯이 가스관을 살피며 말했다.

“경관 하나가 가스 냄새가 난다는 얘길 하긴 했습니다. 하지만 그때 창문과 문은 활짝 열려 있었고 이미 페인트칠을 시작한 뒤였습니다. 앰벌리 씨 얘기로는 그 전날부터 페인트 작업을 시작했다고 했고요. 홈즈 선생님, 그런데 그 다음은 어떻게 된 겁니까?”

“그 다음에는 나도 전혀 예상하지 못한 사태가 벌어졌지. 이른 새벽에 식기실 창문을 타넘고 있는데 갑자기 누군가 내 목덜미를 잡아채고 이렇게 말하더군.

‘이 못된 녀석, 여기서 무슨 짓을 하는 거냐?’

간신히 고개를 돌려보니 내 친구이자 적수이기도 한 바커가 있더군. 이 이상한 조우에 우리 둘은 서로 웃을 수밖에 없었네. 알고 보니 그 친구는 어니스트 선생 가족의 의뢰로 사건 조사에 뛰어들었다더군. 나처럼 이미 살인 사건이 벌어졌다는 결론을 내리고 있었기 때문에 바커는 며칠 동안 이 집을 감시하고 있었지. 그래서 이 집에 찾아온 왓슨 박사를 보고 수상한 인물로 점찍은 거지. 왓슨을 체포할 수는 없었지만 내가 식기실 창문을 타넘는 걸 보고 현행범으로 붙잡으려고 한 거야. 물론, 나는 그 친구한테 사실대로 털어놓았고 우리는 함께 조사를 계속하기로 했지.”

“왜 하필 그분이었습니까? 왜 경찰을 부르지 않으셨나요?”

“이미 마음속으로 계획을 다 세워놓고 있었으니까. 그리고 결과적으로 사건은 해결된 셈이지. 게다가 아무리 생각해도 자네들이 내 계획에 동조할 것 같지 않더군.”

경위는 빙그레 웃었다.

“그렇군요. 홈즈 선생님, 이제부터 사건에서 발을 빼고 조사 결과를 전부 우리한테 넘겨주겠다고 하신 건 아직도 변함없겠지요?”

“물론이라네. 나는 항상 그렇게 해왔다네. 걱정하지 말게나.”

“경찰의 이름을 대표해서 선생님께 감사드립니다. 선생님 말씀대로 사건은 명확하게 규명된 것 같군요. 시신을 찾는 것도 별 어려움이 없을 것 같습니다."

"자 그럼, 마지막으로 자네한테 움직일 수 없는 증거를 보여주지."

홈즈는 경위에게 말했다.

"앰벌리는 그걸 못 본 것이 분명해. 경위, 사건을 수사할 때는 항상 다른 사람의 입장에 서서 내가 그 사람이라면 어떻게 했을까를 생각하게나. 그럼 좋은 결과가 나올 거야. 상상력이 좀 필요하지만 충분한 보상이 따르는 일이야. 자네가 이 작은 방에 갇혀서 살 시간이 2분밖에 안 남았네. 그리고 문 밖에서 자네를 비웃고 있는 악마한테 복수하고 싶다고 가정해 보세. 자넨 무엇을 하겠나?"

"메시지를 남기겠습니다."

"바로 그거라네. 자네는 사람들한테 자네가 죽게 된 경위를 말해 주고 싶을 거야. 종이에 글을 써봤자 소용없을 테지. 범인한테 발각될 테니까. 하지만 벽에 글씨를 써놓는다면 누군가의 눈에 띌지도 모르지 않겠는가? 자, 여기를 보게! 벽면 아래쪽에 지워지지 않는 자주색 연필로 급히 휘갈겨 쓴 글씨가 있어. '우리는 ㅅ' 저것뿐이지만."

“선생님은 저 글자에 대해 어떻게 생각하시나요?”

“글이 씌어 있는 곳은 바닥에서 겨우 30센티미터 위야. 그 가엾은 의사는 바닥에 쓰러져 죽어가면서 마지막 힘을 다해 쓴 것이지. 게다가 끝까지 다 쓰기도 전에 의식을 잃었을 거야.”

“‘우리는 살해당했다.’ 라고 쓰려고 한 것 같군요.”

“나도 그렇게 생각했지. 시신에서 지워지지 않는 연필이 나온다면 말이야.”

“저희가 찾아보겠습니다. 걱정하지 마십시오. 그런데 유가증권은 어떻게 된 건가요? 분명히 그걸 도둑맞은 사실은 없습니다. 그런데 노인은 주식을 소유하고 있었거든요. 우린 그 점을 분명히 확인했습니다.”

“어딘가 안전한 곳에 잘 감추어두었을 테지. 아내가 다른 남자와 도망간 사건이 잊힐 때쯤 갑자기 찾아낸 것처럼 하려고 했을 거야. 죄 많은 남녀가 마음을 고쳐먹고 훔쳐간 물건을 돌려보냈다고 할 수도 있고 아니면 중간에 버렸다고 떠들어대려고 했을 테지.”

“정말이지 모든 의문을 풀어주시는군요.”

경위가 감탄하며 말했다.

“그런데 노인은 왜 선생님을 찾아갔을까요? 정말 이

해가 되지 않습니다.”

“지나치게 자만했던 거야!”

홈즈는 대답했다.

“노인은 자기가 너무 잘나고 똑똑해서 자길 건드릴 사람은 아무도 없을 거라고 생각했네. 혹시라도 의심스럽게 생각하는 이웃이 있으면 이렇게 말해 줄 수 있었을 테니까.

‘내가 어떻게 했는지 봐라. 경찰에 신고했을 뿐 아니라 심지어 셜록 홈즈한테도 찾아갔다.’”

경위는 껄껄 웃었다.

“홈즈 선생님, 그 ‘심지어’는 제가 이해해 드려야겠군요. 이렇게 멋지게 사건을 해결하는 건 저 역시 처음 봤으니까요.”

이틀 뒤 홈즈가 격주로 발행되는 《노스 서리 옵서버》를 내게 던져주었다. ‘헤이븐 저택의 공포’에서 시작하여 ‘눈부신 성과를 올린 경찰 수사’로 끝나는 화려한 제목 아래 사건의 전모를 최초로 밝히는 장문의 기사가 실려 있었다. 맨 마지막 구절은 기사의 논조를 잘 대변해 주고 있었는데 그것은 다음과 같았다.

매키넌 경위가 페인트 냄새를 맡고 그것이 어떤 다른 냄새, 즉, 가스 냄새를 은폐하기 위한 것이라고 본 예리한 통찰력은 매우 훌륭했다. 또한 금고실이 죽음의 방이 되었다는 사실을 밝혀낸 대담한 추리와 연이은 조사를 통해 개집으로 교묘하게 위장해 놓은 쓰지 않는 우물 속에서 시신을 발굴해 낸 일은 우리 경찰 수사진의 지혜를 드러내는 실례로서 범죄사에 길이 남을 것이다.

"그래, 매키넌은 참 좋은 친구군."
홈즈는 너그럽게 웃으며 말했다.
"왓슨, 그 사건을 문서철에 잘 끼워놓게. 언젠가는 진실이 밝혀질 테니까."

지혜의 샘 시리즈 ⑫

셜록 홈즈의 대활약

초판 1쇄 발행 | 2012년 02월 10일
초판 4쇄 발행 | 2021년 05월 31일

지은이 | 아서 코난 도일
옮긴이 | 조주연

발행인 | 김선희 · 대 표 | 김종대
펴낸곳 | 도서출판 매월당
책임편집 | 박옥훈 · 디자인 | 윤정선 · 마케터 | 양진철

등록번호 | 388-2006-000018호
등록일 | 2005년 4월 7일
주소 | 경기도 부천시 소사구 중동로 71번길 39, 109동 1601호
        (송내동, 뉴서울아파트)
전화 | 032-666-1130 · 팩스 | 032-215-1130

ISBN 978-89-91702-94-3 (03840)